医务处主任笔记

张芸 著

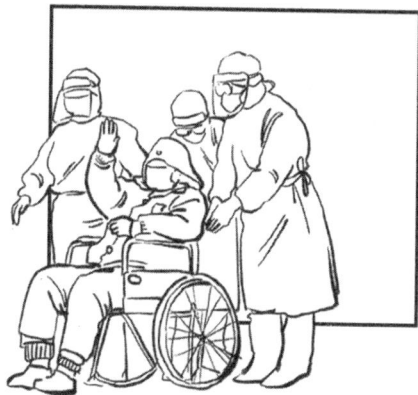

天津出版传媒集团

百花文艺出版社

图书在版编目（CIP）数据

医务处主任笔记 / 张芸著． -- 天津 ： 百花文艺出
版社，2024．8． -- ISBN 978-7-5306-8861-8

Ⅰ．I247.5

中国国家版本馆 CIP 数据核字第 2024TS6556 号

医务处主任笔记
YIWU CHU ZHUREN BIJI

张芸 著

出 版 人:薛印胜
责任编辑:张 雪
装帧设计:吴梦涵
出版发行:百花文艺出版社
地址:天津市和平区西康路 35 号 **邮编:**300051
电话传真:+86-22-23332651（发行部）
　　　　　+86-22-23332656（总编室）
　　　　　+86-22-23332478（邮购部）

网址:http://www.baihuawenyi.com
印刷:三河市华东印刷有限公司
开本:880 毫米×1230 毫米 1/32
字数:160 千字
印张:6
版次:2024 年 8 月第 1 版
印次:2024 年 8 月第 1 次印刷
定价:48.00 元

如有印装质量问题，请与三河市华东印刷有限公司联系调换
地址：三河市燕郊冶金路口南马起乏村西
电话：19931677990 邮编：065201

目 录
CONTENTS

1

写在前面的话

　　您知道苔花吗？苔花很小很小，它们像米一样，不引人注目，很少有人会发现它们。它们是米白色的，椭圆形，开得娇小而俊俏，但没人会注意。如果说牡丹是花中富贵者，菊是花中隐逸者，莲是花中君子者，那么苔花便是花中潇洒的独行者。它潇洒，不为世俗所扰。因为它早已跟土地达成了约定，只要哪里有水，哪里就有它。无论那片土地肥沃或是贫瘠，寒冷或是温暖，它从不嫌弃，走到哪里是哪里！享受着"杏花疏影里，吹笛到天边"的潇洒生活与境界。它没有茉莉的迷人香气，没有芍药的艳丽妖娆，但有胡杨松柏的坚毅与顽强，有生如夏花的绚丽。有一首诗描写苔花："白日不到处，青春恰自来。苔花如米小，也学牡丹开。"

苔花微小且生长在阳光不能照到的地方，无人喝彩，但它仍然执着开放，认真地把自己最美的瞬间，毫无保留地绽放给这个世界。在我们身边，就有许许多多像苔花一样平凡可爱的人，在不被人注意的地方，默默坚守。在生命之畔，医院里的苔花朵朵静静绽放。这里是他们的工作岗位，平静的表面下，汇集了你所能想象的疼痛、爱、坚守和希望。他们用爱温暖患者，用守候换来人们的安康，他们以自己的实际行动践行着曾经许下的从医誓言。

苔花虽如米，迎风也绽放。

第一章
医院是个常常上演"大戏"的地方

　　每天早上，站在办公室的窗前，总会给我一种错觉。我一定是一个列车员，而此时定是春节将至，春运最忙的时候。看着楼下的人，他们拖着各样的拉杆箱，抱着被子、脸盆，或举着暖瓶，或推着轮椅，一股脑儿地往楼里冲来。细想想，这里和春运期间的火车站也的确有些相似，往车站奔的人，心中想的大概是回家，但来我们这里，他们所希望的一定是能回到家。

　　没有人喜欢这里，是的！一定没有！在主观上，我想这里永远不会成为出行的目的地。可也没有人能回避这里，无论是否愿意，总会成为这里的旅客。没错，这里就是医院。

我是冰城，在医院工作，但我却不是医护人员。就好像是一个人在铁路工作却不会开火车，这样的人很多很多。当然，有时我或多或少有些尴尬，当有人问我"冰大夫，孩子感冒咳嗽，吃点什么药好"的时候，我从不敢做任何回答。我只能特别特别严谨地说一句："这个事情不好说，您还是带着孩子去医院看看吧。"可能有人觉得我矫情，一个痛快的答案都不愿意说，虽然我也知道，即使到了医院，医生做了体格检查，验了血，验了尿，照了片子，百分之九十的情况下会开上点消炎药，再带上点蒲地兰或者豉翘一类的药，孩子吃上两三天就能好转，但我绝对不敢这么回答。在医院工作的我知道，孩子看上去的感冒咳嗽，很可能只是表现现象，真正的疾病有可能归口到呼吸内科以及心脏内科、心胸外科、神经内科甚至肿瘤科。

也许有人不理解，医院这样的地方，怎么能允许有我这种不懂医疗的人存在。有一点我很确定，医院真的离不开我们这种不懂医疗的普通职工。至于我们存在的意义是什么？其实和医生一样，都是在守护。医生守护患者，守护生命。我们守护医院，守护医生。

十几年前，我刚到医务处，曾遇上一场颇为壮观的

"大戏"。

故事的开头其实没什么可以过多描述的。一个八十来岁的老年患者，急性化脓性胆囊炎，夜晚送到医院来的时候已经昏迷。当时，患者入院，连夜手术。据说胆囊肿成一个球，压力很大，而且和周围组织都粘连成糨糊了，愣是让主刀的主任干干净净地切了下来。手术做得那叫一个漂亮。一天后出 ICU（重症监护室），不到一个礼拜老爷子就能自己下地了。

别看老爷子岁数这么大，可说起话来有板有眼，脑子一丁点儿都不糊涂，见到谁都客客气气的。当时小护士小陈，现在已经是护士长，提起那老爷子，还总是心里发酸。那阵小陈和对象正在闹别扭，对象嫌小陈和自己见面的时间太少，可那段时间，整个医院实在缺护士，年轻点的都是连轴转的，小陈也的确是忙。男朋友给小陈的答案是要么辞职结婚，要么就干脆分手。心里憋着这事，干活难免分心，小陈给老爷子输液，连着扎了六针，愣是没见着血，把老爷子手背都扎青了。可这老爷子不但没生气，还好声好气地跟小陈说着："闺女，别着急，慢慢找。我这老皮老肉的没感觉，觉不出来疼。"护士长知道了小陈这事之后，专门去向老爷子道歉，可这老爷子愣是说："这事怪不得这小姑娘，是我手总哆嗦。"

老爷子恢复得特好，病友都羡慕他身体底子棒。可是出院前一天晚上，人突然就没了。医院里有人去世是常事，但是前一天还好好的，一觉醒来人都凉了，而且没有任何动静的事，真的不常见。最关键的是，护士按时巡班，晚上十点时测体温、血压、心率都没问题，就是血糖稍微有点低，大夫还给老爷子开了一瓶高糖挂着。十二点时护士巡查一点事没有。凌晨两点的时候，老爷子睡得特香，两点二十护士去拔针的时候老爷子还醒了一下，叫了一声小陈。可是早上五点的时候，人就这么没了。

还没等大夫琢磨出来究竟哪儿不正常的时候，家属就闹上了。

上午十点，医院门前白布黑字条幅已经拉上。几十人跪在门口号啕大哭。老爷子的孙子捧着爷爷当兵时获得的军功章，号得上气不接下气。照相机、录像机、手机，全方位记录着眼前的这一幕。

上午十一点半，一辆商务车停在了医院门口，一个十三四岁的小姑娘，穿得破破烂烂的，从车上下来，走得很慢，似在酝酿情绪。这平时三分钟能走完的距离，小姑娘走了足有一刻钟，到了"中央舞台"之后，小姑娘来劲了，她那一跪，惊天动地。她的脑袋就那么直勾勾地磕在地上，一个头磕下去，脑门当时就见了血。"干爷爷呀！哪个杀千刀的大夫害了你的命呀！我也不活了，我下去报答你的养育之恩呀！"小姑娘如泣如诉，向周边的观众们念叨着，自己是一个孤儿，是这个老爷子把自己养活大的，对待自己比对自己亲孙女还好之类的。声情并茂，感人肺腑。

小姑娘哭了十几分钟后，仿佛整个人都虚脱了。哭声没有了，可是眼睛上的两行泪，已经不是晶莹透明，开始见到血色。又过了几分钟，小姑娘两眼里，不断地冒出血泪。让周围所有人看得感同身受，不少观众在一旁偷偷抹泪，心碎当场。接着小姑娘和老爷子的家属对着医院破口大骂，乃至叫大夫出来偿命。

遇到这事，在医院就是由医务科来处理。当时我跟在医务处处长身后，一块儿来和家属沟通。一般情况下，这事都是叫几个家属代表到办公室详谈，可是这一家人就在医院门口，坚决不进医院，直接提出了三个条件：第一，老爷子是革命英雄，被医院治死了，医院得登报道歉，而且要马上给老爷子火化，入土为安；第二，追究主治大夫责任，让医院开除大夫，永不录用；第三，一次性赔偿家属五百万元。答应这三个条件这事算罢，如果不答应他们拼着坐牢，也要让大夫偿命。

　　我当时慌得连话都说不出来，两条腿直打哆嗦，看着那些不知道是不是家属的人。他们不少人身上都文着龙和花，真怕他们直接跟我们动手。处长似乎很澹定，脸上还是那副亲切从容的表情，客客气气地答应商量，也做着承诺：马上调查老爷子死因，要是医院的责任，医院会按规定负责到底。可是说到要给老爷子解剖尸检，这些人都跟疯了一样，要和处长玩命，甚至有人已经把怀里的钢管抽了出来。看样子一言不合，就得直接动手。

　　说实话，看到那个两只眼睛流着血泪的小姑娘和老爷子的军功章，我心里真的是倾向他们的。好好一个老英雄，就这么不明不白的没了，谁心里都过意不去。特别是小姑娘的每一声抽噎，都似乎是拿拳头挤压我的心包一样，给我一种极强的窒息感。

　　和他们沟通了一会儿，没有结果，处长便称回去和领导商量，让他们先收一下东西。这些家属倒是配合，将大白条幅收了起来，一群人却仍在医院门口没有离开。只剩下小姑娘依旧跪着，眼里仍然不时流出血来。

　　互联网发达，资讯传播速度快。只是半天，这事情已经发酵到人尽皆知。医院、医生承受的压力，可想而知。只是一上午，主治大夫似乎老了十岁一般，脸上的憔悴根本无法隐藏。他无论如何也想不到怎么会出现这样的情况。手术已经过去十几天，手术后期就是观察，也没有使用什么特殊的治疗药物。最后一天唯一的用药只是一瓶葡萄糖而已。就算是糖尿病，只要不特别严重，一瓶葡萄糖也不足以构成酮症酸中毒。何况直到半夜两点的时候，老爷子的生命体征还都是正常状态。

就在所有医生都无法确认究竟是怎么回事的时候，一个在医院工作却不懂医学的职工，说了一句话："肯定不是意外！他们是职业医闹（借炒作医疗纠纷获取非法利益者），有备而来！"说出这句话的人，正是医务处的处长。

处长解释，发现老人死亡的时间是早上五点，就算第一时间把消息传回去，家属第一时间赶过来，时间已经很紧，那些横幅什么的，根本不可能凑得齐。可见今天这场面，早有预谋，甚至排练过。

"他们怎么会提前知道老爷子会没？"当这句话问出来的时候，所有人的心都不自觉地揪了一下。如果真的是这样，这已经不是简单的医闹事件，这可能真的是谋杀！而且是在医院内发生的谋杀！

"19床的病房内动过了吗？"医务处长向护士问道。护士忙回答没有动过。医务处处长只是思考了两秒，就说道："马上，查楼道监控！病房关灯到早上五点之间，19床陪护有没有出过病房，他到过哪个地方！"

很快，监控信息确认，这个时间里，19床陪护，就是老爷子的孙子，十一点五十，凌晨一点五十和两点零五各去了一趟水房打水，两点十分去了一趟卫生间。这么短的时间内，两次去水房就让人有些不理解。要知道水房里的水是开水，老爷子的孙子用的是保温杯，十几二十分钟时间无论如何也不可能喝到嘴里，不可能会出现连续打水的情况。

"马上！去卫生间找！找任何不是咱们医院的医疗用品，找针管，找药瓶！要是卫生间收拾了，你翻垃圾堆，也得给我翻出来！让小张给你录像！"医务处处长对我吩咐着。我一头雾水，只是愣了一下神，就听到处长又喊道："快去！马上！"我走着，还听到处长对别人说道："找到老爷子的输液器输液瓶什么的后，马上封存。"

找东西不是一件容易的事，特别是还不知道自己要找的是什么。卫生间倒是一目了然，干干净净，显然已经被保洁员收拾过了，卫生间没有什么可以藏东西的地方。至于垃圾，早就被保洁员堆到医院后楼那边的垃圾转运处了。

几百个一模一样的垃圾袋，堆得一人多高。这个细节我真的不愿意回忆。我只能说，这天过去，我洗了至少十几次澡，把自己身子都搓褪了皮，却总觉得自己身上还是臭的。接下来的半个月，我体重减下来十多斤，真的是一吃东西就觉得恶心。当时，经过了三个多小时的翻找，我愣是在一个垃圾袋里找到了被一团卫生纸团团包住的一个注射器和一枚安瓶。

我记得，当时我跟疯了一样，也顾不得身上还黏着别人用过的卫生纸，就这么捧着注射器和安瓶，跑回了楼里。

"行了！可以报警了！"当处长见到我手里的安瓶和注射器的时候，说起话来胸有成竹。

处长深吸一口气，戴着手套拿起安瓶对着灯光看着，而后深深吐出一口气，摇着头说道："这人真的太聪明了！怎么想到的！"随着处长的分析，整个"谋杀"过程，已经被他梳理得八九不离十。

晚上护士查体的时候，家属特别让大夫开了一瓶高糖，缓解老爷子的低血糖。而在之后的几个小时，高糖以极慢的速度滴注，甚至全部关停。但是在护士巡房之前，为了避免护士怀疑，老爷子的孙子都会把葡萄糖抽出来一些，然后放在保温杯里到水房倒掉。直到凌晨两点护巡房之后，他把葡萄糖几乎抽空，然后直接将过量胰岛素打进了老爷子的输液器里。老爷子虽然身体恢复得不错，但岁数毕竟已经八十多，脏器老化不可避免。

无论是诱发急性心梗还是低血糖脑病，都足以致命。

处长判定老爷子的孙子即便准备得再周全，也不敢把凶器一直带在身上，一定会设法扔掉。而晚上不能随便离开住院楼，所以他去卫生间，一定是去扔掉凶器。可是他却忘记了，医院所有的医疗废物都是专门回收的，卫生间里是不可能有注射器一类的弃物的。虽然翻找垃圾堆不是一件容易的事，但只要他扔了，在垃圾没运走的情况下，总归是能找到的。

至于医院外的血泪女孩，我仍然不愿意相信她是同谋犯。可是处长却说道："如果没有那个女孩，我不能这么确认他们是职业医闹。就是因为那个女孩，我才百分之百确信的！咱虽然不是大夫，但基本的医学常识得有吧！能哭出来血泪，肯定得有眼底出血，就算是小血管破裂了，从眼睛表面也能看出来呀！"

我不住地点头，的确是这么一个道理。可是女孩眼里的血泪也的确不是假的。处长向老爷子的主治大夫问道："李主任，有什么办法让眼睛流出血泪吗？"这一问，倒是把李主任给问了一愣，似是迟钝一般思考了半天，摇着头。说实话，想要达到七窍流血的既视感，的确不太好完成。倒是一旁一直跟着的护士长说道："这个还真没见过，要说尿液变红变绿的都见过，可是眼泪变红的我还真没见过。"

李主任听着护士长说话，嘴里低声念叨着"尿液变红，尿液变红"，过了几秒，他好像突然惊醒，说道："利福平！利福平代谢之后是橘红色。吃了利福平后，尿液就跟血一样！利福平特别容易吸收，其他体液也会出现变红。我见过唾液、痰液变红的。眼泪变红也有可能！"

"好了！破案了！等警察来吧！这事得好好让那帮医闹喝一壶了！"

事情来得快，去得也快。在很多旁观者眼里，这事情就好像从没发生过一样。只是我们处长多了一个"福尔摩斯"的外号，而李主任则请假休息了半个月。

李主任休假结束，上班的头一天，他一大早就来到了医务处，那天办公室里只有我和处长两个人。李主任站在门口，郑重地对着处长鞠了一个九十度的躬，道："老杜，我承认我一直挺烦你的，成天考这个查那个的，没事找事，临床天天忙得不行，还得应付你们一群外行。但我今天是来专门谢谢你的，我知道要不是你把事平了，我这辈子就完了。要不是真相大白，后果是什么我知道的！谢谢老哥！"

我记得，那天处长和李主任，这两个加起来一百多岁的男人，拉着手说了半天的话。李主任老泪纵横，处长也唏嘘不已。主任和处长这样，我一个小办事员尴尬得走也不是，留也不是，只能缩着头当"鸵鸟"，尽可能地让自己减轻一点存在感。但处长的几句话，我到今天还记得，我一直把这些话当成我所从事职业的存在价值。

"临床跟行政，没矛盾是不可能的！可老李你说，我们能看不到临床忙吗？我们都看在眼里。行政真的不是没事找事，说白了我们定的一大堆规矩，那都是一代一代积累下来的，保护病人，也保护医院、保护大夫呀！要我说，行政从来都不是临床的领导，行政是临床的保姆，是临床的依靠，是临床的后盾。你们临床的任务是守护患者生命健康，是老百姓的最后一道防线，我们行政的责任是保证医院的运转，保证医生权益。医院行政是医生的最后一道防线！"

一晃在医院工作二十多年了，直到今天临床和行政之间，仍然存在着相互的不理解。我没有化解这种相互不理解的能力，我能做的只是尽可能地降低自己在临床的存在感，或者说尽可能地做到在该出现的时候才出现在临床的工作当中。尽可能地把自己定位在医生的保姆，以及依靠或后盾的身份上。在该站出来的时候，绝不能退半步，因为我们退了半步，就是把医生推出来面对他们不该承受的事情。

每年，医院都会有这样几天，一半以上的病床被空出来。了解这个行业的人都知道，这是快过年了。只要是能扛过春节，没有哪个中国人愿意年三十晚上在医院过年。病情稍微轻一点的患者都会提前办好出院，择期手术的患者也尽可能地过了年再做。这几天，我们也可以适当地放松一下。

印象特别深，那是八年前的腊月二十七，那时我已经是医务处下面的一个科长。我正在办公室做春节期间的检查方案，桌上的电话响了起来。接起电话，先传来的是吵闹的声音："冰科，C座11楼患者的家属们打起来了，大夫想劝架，却被打了。"

赶到十一楼，这里已经乱成一团。一个看上去四十来岁的女人，披头散发，脸上泪痕未退，抱着十来岁的孩子堵在病房门口浑身颤抖，却瞪着病房外一个六十多岁的老人，目眦欲裂。我从这女人眼中看到的是仇恨。在医院这么久了，我相信我的判断。

值班护士飞快地向我介绍了这里的情况。患者男，三十九岁，室性心律失常，出现过两次心脏骤停，在他们当地多家医院检查未给出明确诊断，在我们医院住院一周，也没有明确诊断，患者的母亲、姐姐皆是在三十九岁的时候，因为心脏问题死亡。刘主任考虑他患有心脏离子通道病，打算进行诊断性治疗尝试。但今天患者父亲到医院来，拒绝一切检查和治疗，要求马上出院。老人说他找了当地的"大仙"，说他老伴儿惹了狐仙，受了诅咒，家里的人活不过四十，要是愣留住，诅咒会牵扯整个村子的人。只有人死了，让狐仙消了气，全村才能平安。所以老人为了全村人的平安，强行要求患者出院。

在我看来，但凡有点脑子的人都知道这是"大仙"胡说八道的鬼话，可偏偏这老人深信不疑。他在那儿劝着自己的儿子，让儿子配合自己回家，好好过个年，等着狐仙收命。"儿子，神仙说了，你这不是病，是命！跟爹回去吧！人不能跟神仙争。"老人说。

那抱着孩子的女人是患者的爱人，她坚决要求继续治疗，用她的话说，只要还有一丁点机会，绝对不能回家等死。倾家荡产、卖房卖地也得治疗，人没了，才是什么都没了。这公媳二人就因为治不治，走不走打了起来。公公给媳妇一巴掌，说她自私，为了自家要害死全村人。刘主任劝架，也被患者的父亲用病历夹把脑袋敲出了血。

"你给我起开！今天说破天，也必须出院！我是他爹，他的命是我给的！我说不治，谁也不许治！你们医院要是不放人，我告诉你们，只要我们村死一个人，我们全村就砸了你们医院！"老人跺着脚说着，就去拉儿媳妇，想要进病房。

儿媳妇仿佛坚守着阵地的战士一样，看着老人又要拍下来的巴掌，只是用疯狂的眼睛瞪着他，却没有任何动作。

"住手！这是医院！"我喊道，然后伸手拦住了老人要拍下来的巴掌。真想不到，这个六十多岁的人，胳膊的劲头怎么会这么大，连我都差点一个趔趄跌倒。但我却知道，这个时候我绝对不能退。就算这是他们的家事，但这是医院，是我必须守护的地方！

我拉着老人的胳膊，可是老人竟然伸出腿，想越过我踹那个女人，不过这几脚全都扎扎实实地落在了我的身上。那女人见状，声音里已经有了足够的狠厉，喊道："我告诉你，你今天要敢让他出院，我爷们儿要是没了，我带着儿子大年三十放火烧屋！谁也别活，我让你断子绝孙！"

"你这个浑蛋婆娘！你给我滚！我们家没你这个媳妇！"说着，老人去拉孩子的手，想把孩子抓到他身边，但是孩子死死地抱住妈妈，哭号着。

"保安！控制住！"我喊道。两个保安费了很大的劲才将老人拉住。

"刘主任,您怎么样?"刘主任是一个五十多岁的女医生,个子不高,平时总是乐呵呵的,此时却显得有些狼狈,她头上缠着纱布,眼镜也有一个镜片上有裂痕。刘主任表示自己没事,只是被病历夹的角磕破了皮,流了点血。我叫保安盯住老人和他儿媳妇,然后把刘主任拉到一旁的一间空病房,关上了门。我问道:"刘主任,病人情况怎么样?您是怎么想的,怎么处理?"

"冰科,我有百分之九十把握,他多半是心脏离子通道病,这病如果不治,随时可能猝死,特别是容易睡着觉人就没了。"刘主任脑子里还都是患者,"这病要确诊得做基因检测,需要一大笔钱,这家人肯定出不起。但是诊断性治疗只要安一个起搏器就可以,也花不了多少钱,术后很可能就没有问题了!"

我看着刘主任,没有说话。刘主任似是下了什么决心一样,说道:"冰科,我想给他治!我不能看着一个本来有办法治的病人就这么死了!我是大夫!"

"那就治!听你的,我去找患者爱人谈!他爱人签字咱们就做!出了事算我的!医务处就是干这个的!"我知道,现在是我必须站出来的时候。

"大姐!"我试着和那女人沟通,可女人像受惊的豹子一样，抓着门框，根本不听我说话。我蹲在她身边，尽可能让自己的语气平静一点，"大姐，刘主任说……"

没等我说完，那女人疯了一样，说道："不出院！不出院！别轰俺们，俺们有钱，俺们治病！"

"大姐，咱们治！谁也不能强行把医院的患者带出去！"我这话刚说完，一只鞋直接飞到了我的脸上，我转头看去，老人距离我最少五米的距离，可他就能这么准确，这么有力地用鞋打我的脸。我无暇顾及脸上的鞋印，对女人说道："你去找刘主任，刘主任有治疗方案，需要做一个小手术，需要你签字！"

女人看着我，似乎不相信我，仿佛她只要离开这扇门，就失去了自己的丈夫一样，她满眼警惕。我看得出她的疑惑，说道："你放心，我在这儿替你把着门，你签完字，就能手术！你是第一顺位亲属，你同意别人说什么都不行！"

"我告诉你们，要是我们村但凡死人了，我饶不了你们医院，你们一个人都别想跑！狐仙不收你们的命，我来收！"老人歇斯底里地喊着。我抬头看向那边，对拉着老人的保安说道："报警！让警察处理！"说完，我指着刘主任那边，对女人说道："快去找刘主任，我替你守门！"

"我不签字，我反对！我反对你们治疗！我要告你们去！我要找你们院长，找你们领导！"老人还在那儿喊着。

刘主任和患者妻子的沟通很顺利，但是想要做这个手术，却仍然不容易。警察把老人带走了，可是病房楼道里，突然拥出来了二十多个老少爷们儿，把病房堵得水泄不通。患者村里的人已赶了过来。为首的那人喊着："就算抢也得把病人抢回去！狐仙要人，不能耽误！"

我记得，那一天，手术室已经安排好，所有准备已经到位，可是平车却推不出去。外面的老乡凶神恶煞般，谁靠近就推推搡搡。年轻的护士吓得根本不敢离开护士站，而其他病房都房门紧锁，生怕殃及自己。

我记得，那一天，院办、医务处、科教处、人事处、综合处的这些在医院工作却不懂医疗的人，这些不穿白大褂的医院员工们，就在 C 座 11 楼，一共五十二个人，拉着手，拦着那些老乡，用目光反抗着他们的推搡，一步没退。没有人开口说话，更没有人还手，就是用自己的身体，硬生生地撑开了一条从病房门口到手术电梯之间的通道。

我记得，那一年的年三十后，每年的年三十，那位患者及他的媳妇、儿子都从三百公里外的老家，带着饺子来到医院，送给刘主任和 C 座 11 楼的值班大夫及护士。我每年都能分到十二个饺子。患者活过了三十九岁，直到现在还很健康。他媳妇的目光里全是幸福，看得出他们日子虽过得不富有，但天没塌。至于当时死死抱着妈妈的孩子，今年让所有经历过当时事的人都有一个惊喜，因为除了饺子之外，这一家子还给刘主任看了孩子的医科大录取通知书。刘主任看后有点激动，拉着孩子的手说："你好好学！过几年，你就考我的研究生！"

说来奇怪，每个医生的口头禅都是"劝人学医，天打雷劈"，但是你去问他们自己后不后悔当大夫，没有一个人摇头。而且有意思的是，不少大夫在培养自己的孩子的时候，都是想让他们离医学远点，可是越是这些人，到最后孩子都走上了自己父母的这条路，穿上了白大褂。可能是这些医生们自己都不知道，当他们穿上白大褂的时候，是发光的，真的会吸引着人，不自觉地想成为他们。

第二章
穿着"重装战甲"做手术的人

这些年里，我们没少遇到 HIV 病毒携带者需要做手术的情况。每一次面对 HIV 病毒携带者的手术，都是对医护人员的一场考验。很多人不理解 HIV 病毒的意思，但是说起艾滋病大家却都知道，这是一种人体免疫系统的疾病，到目前为止依旧属于不治之症。HIV 病毒可以通过体液传染，一旦感染，几乎等于宣判"死缓"。可能也有人不理解，做手术就做手术，医生也不至于轻易沾染上对方的体液。可是真正了解医疗的人都知道一个常识，几乎没有外科大夫没被手术器材割伤过。而在面对 HIV 的时候，身体任何一个很小的破溃，都会带来重大的风险。这不是小心能解决的问题，而是一个概率问题。可是明明知道有巨大的危险，却没有医生能对 HIV 病毒携带者的手术说"不"，因为这就是医生的职责，是医生的使命。

对于医疗工作者来说，他们无法回避的不仅仅是病毒，还有各种有毒有害物质，以及辐射射线。有的病人拍一个胸片都对辐射提心吊胆，但是医院里面特定科室的那些大夫，却每天都会暴露在射线之内。

很多人不了解介入科，如果在行业内调侃说"劝人学医，天打雷劈"的话，劝人去搞介入的话，那就是要被雷劈得最惨的一类了。简单说来，介入手术就是通过导丝、导管等，通过血管直接到病灶的位置，把堵住的地方打通，或者把一些需要阻断血供的位置栓死的微创手术。现在的介入手术除了针对各种血栓、放置支架之外，内出血和肿瘤等疾病都可以通过介入手术治疗，而且我们可以预测，未来介入手术也是手术发展的重要趋势。可是很少有人知道，一个介入科医生的"生存环境"究竟是怎样的。

先说辐射，介入科医生其实就是在辐射状态下开展手术的。一个介入科医生的一场手术，吃的"线"，有可能赶上一名放射科医生一年的辐射量。对于普通人来说，一场介入手术所承受的辐射，有可能超过普通人一生所受辐射的总和。可以这么说，工作达二十年以上的介入科医生，没有谁的身体是完全健康的，每个人身上总有些奇奇怪怪的、永远都治不利索的疾病，我们都知道，这就是辐射带来的影响。我每次看到那些年轻的，特别是还没结婚生子的介入科医生、护士，我心里都会有一种心疼。不为别的，就因为他们长期受辐射伤害，他们的孩子出生的时候往往都有些先天不足。而这一切都是因为他们要"救人"所付出的代价。

与此同时，身体不好的人也没有办法做介入科医生。普通人很难想象，穿着几十斤的铅衣一站几个小时的感受。而这就是介入科医生每天的正常"锻炼"。我曾试过穿铅衣，那种重量仿佛身上随时扛着两袋大米一样。而在这种体力的消耗之下，介入手术又是极度精密的操作，一台手术能承受的误差以毫米计算，力量更是要拿出在豆腐上雕花的功力。在极重和极轻之间，还要承受铅衣带来的极度闷热，和给予双腿的巨大压力。不开玩笑地说，腿部静脉曲张绝对能算外科医生的职业病，无论是谁，一站几个小时一动不动，那都是一种不弱的功夫，更何况还要身披重甲，手上用针线在身体内部绣花。

今年的上半年，妇产科召集全院会诊。一个三十四岁的孕妇，双胞胎妊娠三十周，腹部剧痛，检查后发现是肾脏附近一个血管瘤破裂出血，很可能造成胎儿的早产、缺血等情况的发生，严重威胁到胎儿的生命。可现在孕妇的情况，手术止血几乎是无法完成的，因为怀孕的原因，很多药物也都无法使用。处理不当，很可能是一个一尸三命的惨剧。

"我能做。"会诊中，这三个字是所有医生的定心丸。而这次送上定心丸的正是介入科的副主任王梓。妇产科的刘主任虽然是会诊的召集人，可是却第一时间打断王梓的话，说道："小王，你的情况……"

其实在坐的很多人都知道王梓的情况。王梓人如其名，刚进医院的时候就是有名的"王子"，人长得帅气，海归名校的博士，还在梅奥医疗中心进修过，无论是学术还是技术都是顶尖。那时候绝对是医院里面小护士们心中男神一般的人物。要不是他是一个介入科医生，恐怕早就被无数小姑娘给生扑了。有他的加盟，我们医院的介入科可以说是提升了一大步，在市内的三甲医院里，也算得上独树一帜。特别是在肿瘤的供血动脉介入栓塞和肝脏介入手术方面，更是闻名全国。作为绝对骨干的王梓，曾创下过一天十三台介入手术的记录。结果就是，如今的王主任已经四十出头，结婚也有了八年的时间，可却仍然没有孩子。医生之间没有讳疾忌医的事情，大家都知道他一直没孩子，是因为精子存活率不到百分之三十，而这一切也都是因为常年暴露在辐射下造成的。

最近半年，在医院领导和介入科主任的强行要求下，硬是停了王梓的所有"吃线"的介入手术，除了能用机械臂完成的之外，只让他踏踏实实地坐门诊、带学生、搞学术、调理自己的身体。这半年过去后，王梓的身体状况也的确有所好转，按照检查的结果来看，他再调理个半年的时间，可能就能成功注册一个小号了。可是在会诊中，面对这样的情况，王梓还是站了出来。

"没有别的办法了，只能是介入。栓塞出血点就可以了。"王梓很有信心地说道。

妇产科刘主任皱着眉头说道："除了你，谁能做这个手术？"王梓沉吟了一瞬，说道："手术难度不小，而且涉及两个孩子，我亲自做把握更大一点。"这个答案，其实没有出乎大家的意料，毕竟在我们院里，王梓的介入水平就是毫无争议的第一，即使放眼全市也可以这么说。可是王梓自己也需要为自己的人生着想。

就在这时，一个住院医跑进来打断了会诊，直接和刘主任说道："主任，患者子宫收缩不正常，随时可能流产。"

"别耽误时间了！准备手术室！"王梓直接说道，"我先尝试栓塞出血点，如果成功皆大欢喜，如果不成功还得刘主任你们马上开刀，剖宫产，三十周的孩子有存活可能！刘主任，咱们现在去和家属做交代。"这一次，再不是商量的口吻，而是直接用不可置疑的声音，做出了一个决定。

刘主任叹了一口气，点了点头。她虽然不愿意王梓再去"吃线"，但她更明白，这个时候根本拦不住他。可能这就是一个医生在面对患者危急时所做的必然选择。

可见到家属之后，气氛瞬间冷了下来。没等大夫沟通手术方案，孕妇的婆婆先喊了起来："我们查过了，这俩孩子都是儿子，别的我不管，我的两个大孙子必须给我保住了，要是我孙子出了一点事，我跟你们玩命！"说完，这婆婆开始撒泼大哭起来。与此同时，一群家属也都围了过来，王主任、刘主任一时根本无法开口，只能听他们说着多么不容易，这孕妇多么不争气……

"来一个主事的，马上要手术，耽误时间，出现问题你们负责！"刘主任一改和善老大姐的样子，直接拉下脸来，说道。刘主任接着就指着孕妇的丈夫，又说道："你过来，跟着我，去签字！"

丈夫还没跟王主任、刘主任走出两步，就听到婆婆喊:"我告诉你呀,要保孩子,要不别签字!"

　　说实话,在医院里工作,真的好久没听到关于"保大还是保小"的话了,对于一个有正常思维的人,其实都知道应该怎么选择。原本以为这个丈夫会是一个明白人,可这男人一开口,就让王主任脸色很难看了,他说:"大夫,这么说吧!孩子必须保好了,这是底线。"

　　一般情况下,王梓不会多说,但是这一次他直接开口了:"这么告诉你,如果大人没事,小的有可能没事,也有可能有事。如果大人出事了,小的一定出事,就算把孩子剖出来,你自己算算日子吧!"这话说得很不客气,按理说男神一样的王梓轻易也不会用这样的语气说话,可见这次他真的生气了。王主任接着说道:"现在已经有不正常宫缩,随时可能流产,我说的'随时可能'是下一秒钟,下一分钟或者下一小时。你现在和我多耽误一分钟,你自己的老婆孩子就多一分危险!我建议你现在听我说!"

　　男人显然被镇住,听着刘主任和王主任交代手术情况。他在签字的时候,嘴里还嘟囔着要保护好他儿子之类的话。王梓并没有多说什么,只是看着他把字签了,而后王梓向我投过来一个眼神。我明白王梓这就是等于向我报备了一下,这一家子不好伺候。我点了点头,并没有说什么。

我本来想穿上铅衣，去看这一场涉及三条人命的手术，但还是被刘主任、王主任从手术室轰出来，他们让我在示教室自己看手术视频。手术的过程远比想象中的平静，甚至有一些无聊。

皮肤上切一个口，踩线造影，然后顺着血管让导管深入进去，导管到了出血点前端，在这里塞入一个凝胶海绵，再次造影，抽出导管。随后，刘主任检查孕妇的情况，不正常宫缩已经停止，胎儿一切正常。母亲生命体征正常。手术结束。全部时间不到二十分钟。甚至可以说，手术的核心时间，还不如和家属交代情况所用的时间长。可我们也更清楚，这样一个手术的难度其实很大，大到王梓不敢交给学生来做，大到一个不留神，可能造成三条生命消失，大到即使是他都要做两手准备：一旦介入不成功，只能开腹剖宫。好在一切顺利，母子平安。但是王主任却不再想和这个患者的家属多说一句话，只是和刘主任打了一个招呼之后，便从手术室的医生专用电梯直接回到了自己的科室。

后来我听说，孕妇的母亲三天后赶到医院，专门跑到介入科给王主任鞠了一躬，说了不知道多少次谢谢。只有我们知道，王梓要孩子的时间，又要顺延，有可能这一顺延就无限期了。至少到现在，王主任的"小号"还没有成功"注册"。

实话实说，国内的介入手术起步其实比较晚。但是这些年我们的发展和进步有目共睹，不说追上国际一线，但是也已经相差不远。能有这样的结果，可以说是所有介入科医生用自己的命拼出来的。从防护服上来说，我们其实一直落后国际一整代，直到现在仍然如此。可我们国家的介入科医生，就是在远比国外医生更弱的防护效果，更笨重的防护服下，在国产耗材和国外仍有差距的情况下，攻克了一个又一个技术难题，把介入手术带到了一个又一个新的高度。就是这么一群医生前赴后继，他们愿意相信，介入手术对人类健康具有长远意义。现在，我们已经有了机器人，可以让介入科医生在一定条件内离开手术室，大大减少了"吃线"的危害。随着 5G 系统的不断发展，介入手术远程操控也变得可以期待。但作为一个在医院工作却不懂医疗的人来说，即使有一天介入科医生再不用穿铅衣、不用担心辐射，我也不会忘记他们。他们用自己的健康为别人的健康披荆斩棘，杀出了一条血路。

第三章

给急诊科张主任的妻子做手术

在我看来，医生是一个很神奇的职业。一方面喊着医疗是一种经验科学，医生养老不养小，越老越值钱；另一方面，也有人说大夫还是青年的更可靠一点，医生做的其实也是一项重体力工作，也真不是年纪大了体质下滑之后可以扛得住的一项工作。

其实两种说法都没有错，简单说来，从诊断、治疗上来说，往往年纪更大的，经验更丰富的老医生更加可靠。我曾经见过一个头痛患者，跑了不少城市的大医院，花了不知道多少钱做了多少检查，愣是没有得到确诊。家属甚至一度以为患者是装病来着。可是患者一旦发病，那种头痛、耳鸣带来的痛苦，却让所有医生都可以肯定，患者是真的处于极度的痛苦之中。这疑难杂症愣是被一个早已退休，来医院门诊开药的老大夫，一句话就给他治好了。老大夫说："你只需要拔一颗假牙就好了。"

这患者嘴里有两种不同材质的假牙，由于唾液的原因，会呈现出一种特别的原电池的反应，会持续地在口腔中产生电流。就是这种异常的电流，导致患者的长期头痛。不是说现在的医生就没有诊断能力，而是这名患者口中的一种假牙的材质，已经被淘汰了几十年了，现在很多医生根本就不知道有这种材质。

还有一些老医生，真的只是看一眼基本上就能确定患者的疾病，这种经验真的不是刚从学校毕业的博士生能掌握的，这必须是大半辈子临床才能获得的技能。当然，即使一些老医生具备这样的能力，在面对患者的时候，也极少会凭借自己的经验和体格检查直接判断患者的病情，而是仍然坚持给患者开具检查。

有人总说，现在的医生离开仪器就不会看病，其实我是不认可的。也许是在医院时间长了，见到的医生多了，有的时候医生的神奇让我们这些外行人难以理解，患者去做检查的时候，有的医生会预估出来检查的结果，往往这种预估还非常精确。这绝不是医生的炫技，而是一种丰富的临床经验带来的特别判断。但是一个成熟的医生，绝对不会在有条件的情况下，靠着自己的经验就来进行治疗。毕竟医学太复杂了，人的身体也太神秘了。既然有可以量化的指标、精确的数值、客观的检查作为诊断的标准，那为什么要去冒风险，靠自己的估计就进行诊断？当然，这决不是说医生完全无法离开仪器，一个成熟的擅长体格检查的医生，他的一双手，在关键时刻能做出的分析和判断，并不比医疗设备差多少。而能有这种手感的医生，无一不是行业内大佬级的存在。

我们医院就有这样几个大佬，在医院内并不显山露水，毕竟什么检查都能第一时间出结果。但是这些大佬一旦离开医院，到了条件恶劣的地方，他们丰富的临床经验和出众的临床能力，马上就能震惊许多人。

每年，国家都会派出各种医疗支援队，有的去维和，有的去援非，为了更好地完成国家的任务，我们都是尽可能地在较高医疗水平的前提下，派出身体素质最好的医生前去。当然，我们医院急诊科的副主任张春平永远是第一选择。虽然我们知道这对他来说，有些不太公平。

张春平，今年刚四十七岁。这个年纪对于医生来说，绝对是年富力强的时候。而他在不到四十岁的时候，就已经是独当一面的急诊大佬了。急诊科可以说是医疗体系里最杂的科室，张主任却是样样精通。张主任每天干着三五个人的活儿，别人下班倒头就睡，张主任愣是还能抽出时间来每天锻炼。只看人家的身材，说他是三十来岁的肌肉男都不过分。有这么一号大佬在，整个急诊楼都不用院长操什么心。有支援任务的时候，张主任带队出马，医院肯定会得到上级的充分肯定。

就说前年，张主任配合部队到国外执行维和医疗任务，要知道到了外面，可完全没有三甲医院的医疗条件，别说 CT、核磁，有的时候全部家当就是一副听诊器，可是张主任维和这半年时间里，不但保证了本国驻地士兵所有的医疗诊治需求，就连其他驻地的其他国家的士兵都慕名而来，专门找张主任治疗。兵荒马乱的，张主任一个简单的医疗帐篷，在没有器械护士配台的情况下，一上午竟然在三名外国受枪伤的士兵身上取出来了十一个弹头。

维和医疗队，不是只管着联合国的维和部队的事就完了。其实医疗队很大的一部分工作是在当地开展医疗援助。也就是说，当地普通的百姓或者当地的军人在医疗队眼里都是一样的，这样一来，医疗队的工作量就很大。张主任在进行维和医疗援助的 180 天里，一共完成了 542 台手术，其中还不乏危重患者的手术治疗。

张主任的家庭，原本是传说中最令人"崩溃"的强化版"白蓝家庭"。"白蓝家庭"是说医生和警察组成的家庭，而"强化版"指的是"白色"的一方在急诊或儿科工作，"蓝色"的一方在基层所或刑警队工作，事实证明，这种家庭能存续的可能性本身就不大。夫妻之间想见一个面，往往比牛郎织女也好不了多少。在没有孩子的时候，张主任夫妻也就这么熬下来了，可是在两人有了孩子之后，家庭就必须要做出一个选择了。一定得有一方离开自己的工作岗位。在张主任的家里，做出奉献的是他的爱人陈敏，她只能离开自己深爱的警察队伍。

张主任在国外工作，陈敏查出了患有乳腺癌，而且恶性程度很高，病情发展很快。面对恶性肿瘤，往往是医生配合着家属瞒着患者，而陈敏，确诊后的第一反应却是让我们这些张主任的同事无论如何都要瞒住张主任，不要让他在海外分心。

我们能理解陈敏的想法，的确，在兵荒马乱的维和地区，说没有危险绝对是骗人的，如果在外面魂不守舍的，出现危险的可能性会几何级数增加。张主任每天都在做手术，手术刀下面也都是一条条鲜活的生命，不能让他惦记家里的事，得让他心无旁骛地做手术。

这时候我在院办工作，便代表医院同意了陈敏隐瞒病情的要求，但是陈敏要求暂时采用保守治疗，等到张主任回来之后再考虑怎么处理的意见，被我坚决驳回了。我虽然不懂医疗，但是我身边的医生懂，我们医院的肿瘤科的乐芳芳主任就是乳腺肿瘤的专家，乐主任告诉我，陈敏应尽快治疗。乐主任说，肿瘤发现得比较早，马上手术是最佳选择。

可是陈敏却说出了很现实的困难：孩子高二，学业很紧。虽然孩子很懂事，但是真的离不开人。只说每天晚自习前给孩子送饭这一件事，就根本让陈敏脱不开身。至于家里硕果仅存的老人，张主任的母亲，莫说帮不上忙，就算能帮上忙，陈敏也不打算告诉她。与其让婆婆着急，还不如自己扛下来，更何况婆婆知道了，也根本瞒不住张主任了。

"做手术！马上安排检查，越早做越好！家里的事你别担心！医院这么多人，要是连在外面'上战场'的'战士'的后顾之忧都解决不了，要我们这些行政干部也就真没用了！"面对焦虑的陈敏，我直接说出我的意见，"不就是接送孩子外加送饭辅导功课吗？医院全解决！你放心，我每天给你家孩子安排博士生辅导功课，咱们医院别的少，就是学霸多。没个协和、华西的博士学位，压根儿进不来。就算是哈佛、梅奥的博士，咱们也有！"我知道，这个时候，必须要强势起来，只有这样才能给陈敏更大的信心。

看着陈敏还想说什么，我又一次打断了她，说："你什么都别想，你家属不在，但是咱医院一千多人，都是你的家属。"

陈敏的手术，排在一个周日。虽然我们在这一刻都是陈敏的家属，但是我们也还希望他的孩子可以看着母亲走进手术室。

陈敏的儿子还不满十八岁，无法在手术手续上签字。因而陈敏的手术单上的签字非但不少，反而要多出好多个。排在第一个签字的是陈敏本人，而在陈敏的名字后面，紧跟着我和乐芳芳的名字。

我们将自己的名字落在这份告知单上，就是把自己当作了陈敏和张主任的亲属，表示我们愿意承担这份责任。

第四章
劝人学医，天打雷劈

其实在社会上，对医生的看法很多样，有的人认为这是一个不错的职业，拥有不错的收入，被人信任和托付，享受被尊重的眼神。也有人认为医生就是一群趴在病人身上的吸血鬼，医生不值得如此被尊重，甚至感觉医疗工作者不过就是医院的服务员而已。

但真正了解他们，走近他们之后，我才能明白做一个医生究竟要承担什么，付出什么。传说中的"中国医生学习参照美国欧盟标准，待遇参照非洲南美实行"，这并不是什么笑话。选择当医生，有一场学业的较量，较量的是自己高中同学的娃先上小学，还是自己能先毕业当上大夫。如果在我们这种省级三甲医院里，看见三十岁以下便能独立行医的医生，那不用问，他一定是那种天赋值都拉满了的人。学医太难了。一个医生的成长付出得太多了。"等我读完医科，就来娶你"，这句话可能是最浪漫的分手宣言。首先说，根本不存在分数线低的医科大，能考进医科大的就已经是高中时代的佼佼者。可是当进入了医科大之后会发现，这里最不缺的就是学霸，大家能拼的只是谁更努力而已。只是医科本科毕业，要五年的时间，医科生已经比其他学科的大学生多付出了一年来学习。可是毕业后呢？啥也不是！想成为一名医生，还要经过执业考试，再加上三年的住院医规培。别以为这就结束了，有的后面还有两到四年的专科医师规培。随便算算，想成为一名医生最少就是八年的时间。可是这样的医生可能出现在三甲医院吗？太难了，几乎没有。现在我们这种省级三甲医院，招人起码都博士起步。就算上学的时候是临床专业，已经拿到了规培证，但是从医科本科读到博士，最少也是八年时间。如果是偏向研究的博士，读书时没有完成规培，对不起，三年的规培期一天都不能少。所以我们常说，想成为一名独立行医的医生，绝对是八年学习起步。在别人已经开始立业的时候，学医的人可能刚刚毕业。当然，就算毕业了，也不是学习的结束，而是刚刚开始，每年的学习，考核，考试，不比一般的大学生少。

很少有人知道一个神奇的岗位叫作"住院总"或"科住院"，可是对于医生来说，这个岗位又叫"脱发剂"，无论你年纪多大，身体多好，那一头秀发多么浓密，当从住院总岗位下来之后，脑袋上能剩下一半的头发，就算是发根坚韧的典型。我简单描绘一下这个岗位的状态，一年期间，每周工作六天，每天工作二十四小时。至于休息的那一天，原则上不能安排在周末，其实对于住院总来说，安排在周几并不重要，前提是休息的那天得有精力回家，有精力回家的人就算是高手。大部分的住院总一年期间内，能坚持一个月离开医院一次，就已经算是热爱生活了。我们常开玩笑说，要是谁在当住院总期间，没和恋人分手，那么绝对是可以坚守一生的真爱。而住院总的生涯，是每一个医生都无法避免的一段或者几段经历，是的，住院总不一定是只做一次，是有可能"老总"的。

很多医学生在读医大的时候，认为九科联考就已经是令人崩溃的噩梦。三个星期内需要完成九个临床科目的考试，在这段时间里，医学院内总能看到一群萎靡不振、气若游丝、目光暗淡，像是一不小心就能晕过去的样子，可是当他们真的成为住院总之后，才会知道那个时候的"四大名捕"也好，九科联考也罢，不过都是"修仙"前的"试炼"而已。只有成为住院总的那一天，才是真正迈上了"修仙之路"。

我曾经在医院分管过食堂，发现过一个有趣的现象。所有的住院总都对一样美食情有独钟，无论当天的饭菜有多么丰盛，口味有多么惊艳，对于住院总来说，他们的眼神永远只会停留在水饺上。如果实在没有水饺，唯一的替代品就是包子。就这个问题，我专门问过当过住院总的人，他们的回答有点让人感动，也有点让人心疼：

> 对我们来说，饺子是最适合的食物。可以按着个吃，就算是突然来电话，也能手里抓着两个，一边跑着赶往科室，一边塞到嘴里不嚼就咽下去，也不担心噎着。而且就算是凉了，素馅的还能直接吃，不会有什么不舒服。即使是肉馅的，随便找热水泡一下，口感依旧美味。对我们来说，如果一份饺子可以分三次吃完，就说明这个时段运气很好，电话不多。其实在大部分的时候，一个住院总中午打的饺子，

可能晚上九点的时候还剩下几个，可以当夜宵来吃。

对于医生来说，住院总是工作也是使命，是从博士毕业，或者是从住院医到主治的必经之路，或者说是从一枚菜鸟向老鸟过渡时期的重要试炼。在住院总期间，没有人可以说清他的工作职责究竟是什么，总之就是一个科室的事情，没有什么是住院总不管的。如果说住院总这个特殊得令人崩溃的群体里也有最崩溃的岗位的话，一定是急诊科或者心内科的住院总，当然如果是急诊心内科住院总，修的绝对是大罗金仙。

我有一个好朋友，市人民医院的心内科主任。他很努力地想要劝自己的孩子，千万别投身这个天打雷劈的行业，但是自己的儿子还是学了医，学了心内，读了博。而他并没有去父亲的医院，反而来了我们医院。就这事，我还专门问过我的朋友为什么不把孩子放到自己眼皮下面。我这朋友说的是："我看不得孩子这么累，心疼。"

林宇就是我好朋友的孩子，当他要做急诊心内科的住院总的时候，我的朋友带着孩子拉着我吃了一顿饭，喝了好多酒。他也没托付过我照顾自己的孩子，恐怕他也知道，这事情托付也没有用，一个医生的成长路线该经过的每一件事，他都躲不开，逃不开。这一切，他自己也曾经历过，甚至他还看着自己手下的住院总每天在经历着。我也没有劝他什么，能做的就是作为一个朋友，看着他一杯一杯地把酒灌下肚子，然后就说一句："少喝点，别帕金森了。"

后来，我还专门打听了一下，急诊心内的住院总基本上都负责什么事，一个"老总"这么和我说的："除了科室里面所有事，再加上有关科室的会诊、抢救，再有就是别人下班后的病人管理也就完了。"这话说得很容易，但是做起来却是要人命的。即使我一个不懂医疗的人，也知道心脏的事情，恐怕没有小事。而这位"老总"跟我说，住院总其实负责的主要工作，只是面对四种病人而已。

第一种病人，就是那种即刻有致命危险的患者。简单说来就是对心脏已经停跳的患者进行抢救，工作属于和阎王爷"PK"，从"死神"手里抢人。这种事，靠的就是一个神技：心肺复苏；三件神器：除颤仪、呼吸机、临时起搏器；一排神药：肾上腺素、多巴胺、利多卡因、阿托品……到了这一步，给凡人用的东西都不管用，住院总靠自己的精气神救人。第二种病人，就是那种马上会有致命危险的患者，包括各种心脏的急症，类似心衰、呼吸衰竭、休克、恶性心律失常患者。这类病人并不比第一种好处理，他们的情况也更复杂，需要的判断力和决策力也更高，住院总一不留神，他们就成了第一种病人。第三种病人就是很快就会有致命危险的患者，类似于急性心梗、高血压急症、主动脉夹层这种，一不留神就成了第二类及第一类病人。其实对他们的处置，危险程度一点也不比心脏骤停低，甚至很多时候需要联合不同科室，马上手术处理。除了这三种病人之外，住院总还要负责一种特殊的病人，就是那种短时间内不致命，但是患者或家属觉得致命的患者；或者是疾病短时间内致命，但家属或者自己认为不致命的患者。这种情况的患者太多了，每天越到深夜，来得越多，甚至他们才是让住院总神经衰弱，精力枯竭，精神崩溃的主要患者。

第五章
"百度医科大"毕业的患者

    在医院里，最可怕的是遇到"百度医科大"毕业的患者或者家属。在这些患者和家属看来，他们所掌握的医疗知识，即使还不能达到工程院院士或者享受国务院特殊津贴专家的程度，但是对比一些普通的主任医师已经绰绰有余。对于他们来说，医生最短八年、平均十年以上的学习根本没有意义，因为百度上已经将所有的疾病全部攻克，而且百度上还有医生们闻所未闻的新的科研结果和治疗方案。他们来医院就是为了效验自己的诊断结果，或者干脆是需要医院按照自己的处方给病人作处置而已。若是对其他的科室，这些"百度医科大"毕业的患者或家属情况往往还好一点，但是面对心内科，他们的"威力"尤为可怕。

林宇当住院总的第一天，就受到了"百度医科大"的挑战。一名五十多岁男患者，恶心、呕吐伴有心慌，他被孩子送到医院急诊，孩子判断是急性肠胃炎，要医生给开消炎药和保护胃黏膜的药物。在医生让患者去做检查的时候，家属直接拒绝，说根本没必要。这个时候，刚吃完几个凉饺子、准备去刷饭盒的林宇听到了家属和医生的争吵。

"我认为患者的症状相对于急性肠胃炎不典型，不做检查我不能开药。"医生说道。那患者看着二十多岁的孩子直接说道："我明白，你们开检查有提成！我告诉你，想也别想，我早就查明白了，你就给我开左氧氟沙星和奥美拉唑，别的什么我也不要！要不是药店需要处方，你以为我会来你们这儿耽误工夫？"

医生看着患者越来越难看的脸色，甚至已经有些发紫的嘴唇，有些无奈地说："大概率不是胃肠疾病，我怀疑是心脏系统的问题。你最起码得做一个心电图看看！这个没多少钱！"患者儿子却笑道："不是钱的事！一毛钱多吗？我扔了也不给你花！你就给我开药吧，别耽误时间了！"

医生有点无奈，正要在电脑上开药，听到了他说考虑心脏系统问题的时候，林宇就已经走了过来。林宇看了看患者之后，直接对医生道："这药不能开，我支持你的判断。先让他签字，再给他开药！"说完，林宇从医生桌子上拿出了一张纸，转身递给了患者家属，道："你就写医生已明确告知我，怀疑患者患心血管疾病，需要进行进一步检查，我本人拒绝进行检查，并要求医生按照我个人要求按照急性肠胃炎开具治疗药物，由此产生的一切后果由我个人承担！"

"你谁呀！我投诉你，你信吗？上班时间端着饭盒到处溜达，你派头挺大呀！"患者儿子显然对这个突然冒出来、端着饭盒的林宇强烈不满。"急诊心内科住院总医师，林宇。投诉我明天白天去 C 座 9 楼医务处。我明确告知你，我建议你马上给你父亲做一个心电图，现在我看状态有可能是下壁心梗，他不只是恶心呕吐，你看你父亲本身就呼吸急促，同时还自诉有胸闷症状。这不是开玩笑的！就算再无知，你也应该知道心梗的危害。"林宇说完，指着墙角的一个摄像头道："我们现在所有的动作，每一句话都有记录，你可以不信，但是我们必须要告诉你！"

患者想做一个心电图看看，但儿子却一副自信的样子，说道："吓唬谁呢！不能惯着这帮大夫的毛病！说检查就检查，谁给他们的权利！要是心梗现在我爸早就躺下了！怪不得现在的大夫总挨揍，就是你们这群只认钱的白衣魔鬼害的！老子不治了，我就不信我自己买不着药。林宇是吧，明天我就投诉你！"说完，他拉着父亲就走。

看着两人的背影，林宇对值班大夫说道："药不能随便开，你敢开，他出了事，就算你误诊。"值班的大夫也是无奈，在急诊科，什么人遇不到，这种自以为是的患者家属，他们宁可相信网上的信息，也不愿意相信一个医生的医嘱。那天正好赶上我值班，林宇也就顺便把这个事和我打了一个招呼，我也直接把刚才急诊室的监控调了出来，准备应付明天的投诉。不得不说，这就是"医二代"的过人之处，虽然刚当"老总"，但是见识真的不比一些高年资的主治差多少，至少大部分的雷坑是埋不了他了，这也让我这"半个长辈"心里面踏实多了。

两个小时后，那对父子就坐着急救车回到了医院。儿子进来在急诊病区对医生破口大骂："就是你们耽误了我爸的病！我爸要是有个三长两短，我和你玩命！一群杀人的庸医！"这会儿，一群在等着看病的人都围了过来，作为住院总的林宇自然也第一时间赶了过来。此时，患者儿子所说的和刚才已经截然不同了，刚才在救护车上，他已经知道了父亲心梗，而此时他却当着所有人的面，喊着两个小时前他们来医院了，但是医生不给诊断，不给开药，就让他们回去了。

我也闻讯赶了过来，看着一群人在对值班医生和林宇指指点点，我直接走了过去，把刚刚准备好的视频监控从手机里放了出来。里面两个小时前在急诊诊断室里面的一幕，清晰无比地展示在每个人的眼前。我说道："刚才两位大夫都已经提示你，患者有可能是心梗，而且要求做心电图检查，是你个人拒绝，而且强行要走的，你这会儿胡搅蛮缠什么！"

"我又不懂医！你们为什么不强行留下我爸做检查？我要走你们就让我走，你们医院是救人的地方吗？"此时，那儿子还是梗着脖子，一副医院欠了他一条命的样子。

"医院不是警察局，也不是监狱！我们没有执法权，更没有强行把人留下的权利！"我站出来，说道，"现在你父亲急性心梗发作，每耽误一秒钟都会有生命危险！你要是还有时间在这强词夺理我不管你。但是因为你不签字耽误了治疗，一切后果自负！这里也有完备的视频监控！"随后，我看向林宇，说道："你安排术前交代，让他签字，注意全程在有监控的位置进行！"

原本完全可以通过药物治疗和溶栓进行的早期心梗患者，硬生生地被耽误到了抢救了大半夜下了两枚支架才算完事。从头到尾，直到出院，患者的家属仍然不认为这件事弄成这样，有自己的一定责任，他认为都是被医院耽误的。出了院，他还来投诉了很多次，要求医院给予赔偿以及支付后续治疗费用。我当时作为医务处的负责人，自然不会让这种对医生的诽谤落到医生身上。后来这名患者的儿子又找到了卫健委、医调委，可能是被患者家属弄得太烦了，医调委曾经和我们医院沟通，希望医生向患者及家属道歉，以此终止这起投诉，但是我并没有和医生们商量，就直接选择了拒绝。当时我对医调委的回复是："无论是找到医调委、卫健委，还是找到最高法、最高检，我们的医生没有过错，决不道歉！医生没日没夜地在前面拼，我们干行政的帮不上他们忙，但绝对不给他们添乱！我们的医生在保护着所有人，可是谁在保护他们？"

后来，这名患者的儿子带着几个人到医院闹事，仍然是进来就骂，对医生推推搡搡，知道这事情之后我没有惯着他们，直接报警。几个人因寻衅滋事被拘留了几天，之后我就没再见过他们了。其实这样的人他不是第一个，也绝不是最后一个。这样的人对医生是不信任的，甚至可以拒绝抽血，认为抽的血并不真拿去做检查，而是会被医院拿去卖掉。有的患者认为医院的影像学检查，其实都是装样子，根本没真的查，只是拿着一张片子糊弄人。更有甚者，拿着饮料去当尿液化验，而后得出结论，医院的检查没有意义。这些人想方设法找医生的毛病，找医院的麻烦，让医生无法正常地进行医疗活动，这样下去的报应都是落在了自己和他们亲人的身上。

第六章

你们服务不到位，我觉得有猫腻

　　有人说医患之间是天然的矛盾，也有人说医患之间才是真正的目标一致。其实在我看来这两种说法都没有错，但都不全面。

　　作为患者，永远希望医生对自己的病情感同身受，更多的要关注自己的情绪和体验。而作为医生，真正关注的往往不是患者本身，关注的更多是疾病而已。这也造成了患者和医生之间的意识偏差，让明明是目标完全一致的双方，总能产生不同的意见和感受。

　　有一句话我觉得很有道理，在医生眼里没有大手术，在患者眼里没有小手术。可能也就因此，医患之间的关系，才愈发地微妙起来，也让单纯的医疗活动，变得复杂起来。

今年上半年，就有这么一件事，让人不知道怎么形容才好。真的出现了在手术台上大喊"刀下留人"的场面。

那是一个不到四十岁的女患者，多发性胆囊息肉、慢性胆囊炎，虽然腔镜下胆囊切除术手术级别挺高，但实际情况确是手术术式已经相当成熟，而且我们医院的肝胆外科也算得上明星科室，这手术真的算不上有什么难度。多的时候，一天一个主任就能连上不少台手术。患者和家属看上去也都是知识分子，来医院之前，他们应该对手术、预后都有了比较清晰的了解，沟通起来也很顺畅，怎么看这都应该是一台很顺利的手术。可就是在手术已经开台，患者已经被麻翻之后，医生的手术刀正准备为腔镜开孔的时候，下级医生就跑到了手术室，喊了一声"刀下留人"。

一般情况下，手术的术前交代、签字，都是由住院医完成的。所有的签字文件齐全之后，住院医会向主刀医生汇报，然后做手术准备，开台。可就是这一次，明明术前交代签字都已经完成，住院医在整理手术资料的时候，突然发现患者家属所有的签字处都成了空白。这一下，可吓坏了住院医，因此才出现了他紧急跑向手术室，叫停手术的一幕。

主刀的主任也是第一次遇到这样的情况，要知道，没有患者家属的签字，哪个医生也不敢直接在患者身上动刀子。可如今患者已经麻翻，眼下这手术做也不是，不做更不是。所以医生在手术室，把我直接叫了过去，没办法，这类事情正是该医务处管。

"冰主任，您看这手术？"主刀的邢主任也是很无奈。原本很简单的手术，现在却成了这个样子，关键这一天本身就是手术连台，一台耽误了，后面的手术都要向后推。

我看向负责交代签字的住院医，问道："患者家属怎么回事？是很难沟通吗？"

"不难沟通！"住院医说道，"看上去还挺儒雅的样子。说话也特别客气，一直聊得都挺好的。"

听住院医这么说，我更难理解了。刚刚我已经看到了那空空如也的签字位置，明显上面是有压痕的，说明这名患者家属的确是签过字，应该用的是一种特殊的油墨，一定时间后笔迹就会消失的那种。这也的确算不上什么高科技，淘宝上十来块钱就能买到这种笔芯。

主刀的邢主任也说道："患者和家属我都接触了，感觉是挺好的人呀！尤其是家属，怎么看也不像故意找麻烦来的人，可怎么弄出来这事？"

到现在，我也只能让邢主任先暂停手术，直接带上了住院医，到手术室外，来见患者的家属。

"您这是什么意思？"我也没客气，直接把应该签字的知情同意书等都递给了患者家属，问道。

患者家属早就有准备，也没有不好意思，更没有恼羞成怒，真的如邢主任他们形容的一样，一副儒雅的样子，语气中甚至还带着诚恳，说道："我没有什么意思，我不是医闹，也不是想找医院的麻烦。"

"那您这样，不是找麻烦是干什么？"我问道。

那男人还是那副平静的样子，说："您应该是医院的领导吧，咱们就是探讨，是不是医疗制度太不公平了！"我没有开口，他继续说道，"对于医院来说，我们是消费者，是顾客这没错吧？"

"医院不是商场，只有患者，没有顾客！"我说道。说实话，这些年每次听到有人叫护士"服务员"的时候，我心里都会有火气。

那男人仍然是那副平静样子，娓娓道来，说道："就算是患者，我们也是消费者对吧。我们购买了医院的医疗服务，这么说总没有错吧！"这一次我并没有反驳他，反而想听听他究竟想说什么。"您就说，我们是服务的购买方，应该是合约中的甲方吧。在任何合作中，都应该是甲方提出要求，乙方尽可能满足。可是现在呢？我们在医院完全是被动的一方，你们让我们签的这些内容，其实都是你们给自己的免责协议，也就是说，我们购买了你们的服务，还要自己承担一切风险。而你们只是提供一个告知义务，这本身就不合理。我也不是要闹事，手术成功我也不会多说什么，但是面对这种霸王条款，流氓合约，我也总得有点自保的手段吧！"

我在那一刻，几乎被说得无言以对。明明知道他每一句话都是在偷换概念，但是却让我一瞬间也觉得他说的没有错。我能做的也只是先笑了出来，我说："要照您这么说，我们医院也觉得不公平。"

"你们有什么觉得不公平的？价格你们订，风险我们承担，你让我们签字我们就得签。"男人说道。

我说："按照你所说的，如果这是一种合作的话，是不是任何的乙方都有拒绝甲方的权利？也就是说，医院有权利不接受病人？我们有权利选择合作伙伴？面对不喜欢的甲方，我们可以拒绝合作？"

"当然不行！"男人说道，"你们又不是公司，你们是公立医院。你们属于社会事业单位，要是医院选病人，那社会不都乱了！"

"那您是不是就不讲道理了？您把医疗过程认定为购买医疗服务，是商业合作。反过来我们就必须无条件接受这种商业合作，没有拒绝的权利？"我问道。

男人也是一时语滞，他显然没有考虑过这个问题。过了片刻，他才说道："那也不应该是患者承担所有风险，任何情况下都应该是风险共担。我们支付了治疗费用，医生和医院有义务保证治疗的结果。"

"换一个说法，就算按照您所说，这是一个商业合作的话，是不是可以理解为患者把自己委托给医疗机构进行治疗？"我问道。实话实说，这么有意思的家属，我也不常遇到，我也想和他聊几句，看看他眼里的医院究竟是什么样子。

"可以这么理解。这本身就是一个委托。"家属说道。

我微微一笑，道："那么你可以理解需要您签字的一系列内容，就是委托授权书。任何受托方都会对委托品做出合理范围内的免责申明吧。"

"可患者是一个人，不是物品，不能按照普通委托品来考虑。"

"那么你觉得医院要在没有任何手续的情况下开展手术，才是正常的？我们看到一个人病了，就有权直接把他拉到手术台上动刀？"我问道。

"当然不行！没有家属的同意，没有完整的委托协议，医院有什么权利给患者动手术？"男人说道。

我笑了笑，说道："我们的态度可算一致了。"我将所有的签字单都递给了这男人，转头对住院医说道："通知邢主任，手术取消。我们医院没有权利给患者手术。什么时候患者家属完成了所有的手续之后，重新安排手术时间吧！"

"你什么意思？"男人有些着急。

"很正常呀，你也说了，没有患者家属的手续，我们无权给患者手术，所以现在只能取消手术。"我说道。

"可是我已经同意了！"患者家属道。

"可是签字单上不是这么显示的！我想提醒您一下，也许您觉得自己的想法很合理。但是我想告诉您，您所考虑的方向和方式都错了！即使所有的文件都签署了，医生在做手术的时候，同样承担着极大的风险。知情同意书上所列的每一项，都是在正常医疗过程中可能出现的情况，这是由每个人的个体差异造成的。如果医生的治疗过程存在主观上的过失，他和医院一样会承担相应的责任。而您把医院治病救人当作一场生意也好，当作一场合作也罢，医院却从来没把您当成一个顾客。在我们看来，您只是患者的家属，您是带家属来治病的，我们也想帮您的家属治病，这点没有任何分歧。您信任我们，我们就治，您不信任我们，您可以找您更信任的人或者医院治疗。但是您通过这种欺骗的方式签字，先不说是否合法，至少已经违背了双方合作的最基本的道德。"我的话并不客气。

男人也没有生气，只是将那些单子都收了起来，说了一句"受教了"。随后，他对我说："那我们要求出院可以吗？"

"当然可以，但需要签署一个申请出院的通知单。证明是你们要自行出院，出院后产生的问题和我们无关。"我说完，就对住院医说："去打一份自动出院申请书，让这位先生签一下，用你的笔！"而后我对这男人说道："现在您爱人的麻醉没醒，醒了之后会通知您接人。虽然没做手术，但也建议在医院观察一天，毕竟打了麻药。"

男人没有纠结，也没再说什么。很配合地完成了自动出院的申请。第二天他们就离开了医院，之后再没来过我们医院。至于他爱人的手术是否做了，我并不知道。

这样的情况，我这半辈子只遇到过这么一次，但是有他这种想法的人，恐怕不在少数。在他们看来，自己应该是整个医疗活动的甲方，医院和医生应该以他们为核心。可我却知道，这并不妥，医疗的核心只能是治病救人。

与这种极端的情况不同，另外一种情况更能体现患者对医生的不信任，这就是患者给医生送红包。

不知道从什么时候开始，给医生送红包像传染病一样流行起来，甚至还有了针对不同手术的"价目表"，小到剖宫产、阑尾炎，大到癌症、肾移植，都有了"红包价目"，更有甚者，还有针对护士、护士长、住院医、主刀大夫、主任、麻醉师一系列人员的"红包价目"。仿佛患者不把钱给到位，手术就会出问题一样。

真正了解医疗行业的人都知道，医生比患者更害怕手术做失败了。一台失败的手术，如果确认是医疗事故，往往象征着一名医生的职业生涯就此结束。主刀一台三级以上的手术，最起码得是一名高年资的主治医，也就是说，这名医生从学医开始，已经奋斗了二十年左右。谁会因为没收到一封红包，让自己二十年的付出，就这么毁于一旦？我在医院工作了大半辈子，我可以负责任地说，任何一个医生都希望自己的手术是完美的，这与红包绝对没有半点关系。

其实大部分医生对红包不但不喜欢，而且很反感。

谁都知道，医院有严格的规章制度，医生收红包在当今是一件很严重的错误，轻则处分批评，重则断送职业生涯。

对于医生来说，红包绝对是"烫手山芋"，处理红包也是一件很麻烦的事情。哪怕到了现在，三令五申，严格检查，手术前给医生送红包的患者仍然不少。患者的红包，医生不收，患者心里不踏实，甚至做手术都提心吊胆。医生收了，就是犯错误，而且会面临很严重的处罚。大部分医生收下红包后，会选择将红包直接存到患者的住院押金里面，然后将押金条给患者家属送回去。

若说现在医生对送红包的患者和家属有什么特别的感觉，那就是红包会给医生特别的压力。尤其是那些大额红包，不但无法让医生在手术上超水平发挥，反而会给医生带来不正面的影响。因为医生们比任何人都知道，红包不是"鼓励"而是"炸弹"。

作为一个医务处的干部，我是有发言权的。我几乎收到过对全医院所有外科主任、副主任的举报。有一些举报，真的会让人对举报者的用心表示无奈。

上手术之前，把医生叫到一个角落里，好话说尽，把红包塞到医生的身上。手术刚刚结束，手术成功、一切顺利，人刚回到病房，家属就已经到了医务处，拿出录音录像举报医生，然后要求医院减免医药费。医生最大的压力是能不能在被举报之前，将红包妥善地处理。

有的时候，医生已经到了手术室却收到红包，没办法将钱存到患者的住院押金账户，也会专门给医务处打一个电话，主动说清楚自己收了某个患者的多少钱红包，准备下手术之后怎么处理。这叫提前备案，免得被刚刚还称兄道弟，拜托嘱咐的患者家属，直接一个电话举报出来。

我并不是凡事都偏向医生说话，但是却真的见多了患者和家属算计医生和医院的事情。可能大部分人都觉得这事情应该不常见，但是在医务处工作的我却知道，这种事情非常多。一些患者已经不只是不信任医生，而是要故意地找医生的麻烦，似乎只有通过这种手段，才能在他们自认为弱势的医患关系中，把自己放到优势的一面。他们却没有想过，其实医生和自己从来不是对立面，而是真正关心自己身体的人。

我们医院介入科的胡主任，就遇到过这么一件事。他配合骨科完成一台手术，他的任务是提前栓塞一处血管，以减少后续手术时的出血。可是在栓塞血管的时候，胡主任觉得凝胶海绵效果不好，而弹簧圈没有合适尺寸，正巧，胡主任在不久前参加过一次国际介入科的论坛，当时有医药公司赠送过试用的最新产品给他，其中就有一枚适用的弹簧圈。

要知道，这样一枚弹簧圈的购买价格在万元以上，而且国内即使想买都需要单独订货，做不到随用随有。胡主任听说这名患者家庭条件本身就一般，何况弹簧圈本身就是医药公司赠送的，便决定拿出来给患者使用，而且也和患者家属申明了这枚弹簧圈并不额外收费，算是胡主任私人赞助。这是挺好的一件事，患者家属欣然同意，手术随后顺利完成。

本应该皆大欢喜，可是在患者出院前，那枚弹簧圈却给胡主任带来了麻烦。患者有一名懂法律的家属，向医院提出了投诉，同时向上级单位告了胡主任一状，原因是给患者使用了不在医院手术耗材名录里面的医疗器材。

这一状告得胡主任莫名其妙，自己拿出了价值万元的手术耗材，免费给患者使用，手术完全成功，没有任何医疗过失，竟然就这么被告了。而且上级单位的初步意见是胡主任的确存在违规行为，要求我们医务科进行详细调查，给出处理意见。

这件事情，从刚开始我就是了解的，毕竟在手术过程中使用非医院耗材也不是小事，当时胡主任已经在医务处进行了备案，而且是由我们医务处和医生一起向患者家属交代，得到了患者家属同意，签字之后，才进行的手术。无论从胡主任还是医院的角度，整个手术过程都是合理合规的，我们真的想不明白为什么家属得了便宜却倒打一耙。

整件事情，从医院的角度上看事实清楚，根本不存在什么需要特别调查的地方，但这么一个投诉挂在医院头上，总是需要解决的，我们能做的只能是和患者家属进行沟通，让他们主动撤销投诉。

可患者家属那边，已经不是手术前忠厚老实的一家人，此时仿佛遇到了什么不可多得的机会一般，张嘴就向医院提出了百万元的赔偿。

"这肯定是不可能的，我们院方和你们沟通，只是想消除误会，这一次手术过程医院不存在违规行为。那个弹簧圈的确不在医院的医疗耗材名录里，但那是胡主任私人提供的，使用之前也向院方备案过，是经过你们家属认可并且签字后才使用的。"

"那是我二姨当时不了解情况，受你们蒙蔽才签字的。"说话的就是患者那个懂法律的家属，也是患者的外甥。

"哪里蒙蔽了，手术记录、录音录像，以及和家属的沟通、签字情况的录音录像我们随时可以提供，你是学法律的，应该懂得拿证据说话。"我说道。

患者的侄子却是一副不以为然的样子，他说道："还用证据？想也知道你们这中间肯定有猫腻！按照你们说的，上万的耗材直接就用了，还不收钱！谁不知道你们开医院的死要钱，一块纱布都得算账。肯定是你们手术过程中有什么问题，才这么处理的！手术录像我肯定得要，我看不懂，但是有能看懂的专家。"

我一听直接被气笑了。这理由也太强大了，就因为没有收费，眼前这人直接做了一个"有罪推定"。"这样吧，手术全部资料我马上叫人给你送过去，我现在代表院方和你说明一下态度，院方调查后认为此次手术不存在医疗过失，手术中医护人员无不当操作，更无违规行为。就使用非医院耗材名录的耗材，术中医生已经向院方进行备案，并征得家属同意，也不存在违规行为，不会承担任何赔偿。当然您有权选择任何国家认可的第三方鉴定机构进行鉴定，如果认定医院有过失，可以通过法律途径和医院进行解决。"

"你什么意思？"患者的侄子显然没想到我的态度这么生硬，我直接摆出一副不谈的样子，这样就打乱了他原本的计划。

我说道："就是字面的意思。我们院方认定本院在这次手术治疗中无过错。"

"你说无过错就无过错了？"患者的侄子说道。

我又被气笑了，反问道："你说我们有过错就有过错了？这手术本身相当成功，甚至说这台手术在国内都能成为教科书一样的存在。介入阶段堪称完美，大关节置换，术中总出血量不足 50ml，你放眼全世界，能达到这台手术标准的也不多！"我能说出这样的话，自然有自己的底气。眼下这点事情折腾得医院焦头烂额，手术视频，我们已通过各种关系，找行业内的一众大佬反复研究，得出的结论便是手术相当成功。此外，大家还认为，如果没有那枚最新技术的弹簧圈，手术也做不到如此完美。

"我们不想听这些有的没的！现在我们就要一个解释，为什么术前交代里没有提到那个弹簧圈，反而术中临时决定使用。而且还免费试用。"患者的侄子问道。

我看了看一旁的胡主任，这样的专业问题，还是由胡主任自己解答比较好。胡主任略一思考，直接说道："介入手术本身就是要结合血管造影进行耗材选择。术中造影后发现，需要栓塞的血管血流速度和血管宽度使用原计划凝胶海绵，并不能达到最优效果，对预后也有不利影响。最好使用弹簧圈进行栓塞，现阶段国内耗材水平没有合适的弹簧圈尺寸可供选择，医院内也没有合适耗材。正巧我个人手中有合适的耗材，就给患者用了，这有什么奇怪的？"

"上万的东西说用就用，你骗谁呢？"患者的侄子说道。

胡主任直接道："有什么奇怪的吗？任何一种新的耗材，耗材商都会给认可的医生试用品。"

"这就说明你就是拿我的家属当试验品，使用的是未经认可的医疗器材。"患者的侄子仿佛抓住了什么关键点，准备据理力争。

在医疗体系内，胡主任才是专家，怎么会留下这么明显的漏洞？他直接说道："不是未经认可便使用，而是国内没有大量铺货，我们医院也没有正式采购而已。这个弹簧圈已经经过了临床认证，而且也通过了国内医疗器材的认定，是拥有正式文号的医疗器械，相关的资料我都可以给你提供，便于你检查。"

说到这，胡主任停了一下，仿佛是做了什么决定一样，郑重地说道："不管这件事情最后怎么解决，我不怪你，反而很感谢你！你让我知道了，医生治得了病，救不了心！如果不是看你二姨、姨夫老实巴交的两口子，而且听说家庭条件并不好，我根本就没必要自己拿出来这个耗材！换一家人，耗材原价卖也不是不行！这次是我错了，我非要当什么滥好人，如果有下一次，我一定选择治得了治，有什么耗材就用什么耗材，更不会搞什么耗材赠送！"

患者侄子听后没有说出什么话，胡主任却接着说："现在你就祈祷，有一天当你或者你的家属真的也遇到这种情况的时候，你能遇到一个还没醒过来的大夫，还敢为你们去当滥好人吧！你继续告吧！就算这大夫我不干了，这次我也绝对不认怂！小伙子，我不知道你究竟是律师还是只是学法律的，但是我跟你说句不客气的话，国内的介入科大夫本来就不多，像我这样的，要不是为了多救几个人，去南方的私立医院起步年薪三百万，到香港起步一千万。你真的小看我们这些当医生的了！"

说完，胡主任向我点了点头，说了句"我还有手术"，转身就走了。患者的侄子气哼哼地说了一句："和谁装×呢！"

"装×？胡主任说的是保守的！"面对这样的年轻人，我也不想多废太多话，说道，"你可能不认识，有本杂志叫《柳叶刀》，最近的一期就有胡主任的论文。"我又如数家珍地说道："胡主任，博导、长江学者，享受国务院特殊津贴的专家，国内介入医学领军人物之一，毕业于卡洛琳斯卡学院，曾在约翰霍普金斯大学任访问学者，被聘为特约教授。"我继续说道："如果胡主任把带学生的时间用来跑飞刀，一个周末就能赚你一年的工资。他要是到国内的私立医院去，五百万年薪加股份是最起码的，要是到国外私立医院去，数额不变单位换成美元。你把上万一个的弹簧圈当宝贝，对胡主任来说那就是一个弹簧圈而已。你自己找地方告去吧，我只能希望你别把人想得太坏了。"

"你是在拿权威压我？"患者侄子语气有点不好听。

我却笑了笑，我已经不想和他再多说什么，只是平淡地说了一句："有必要吗？我只是和你阐述一个事实。他是一个眼里只有患者的，特别纯粹的医生。但是我就问你，你投诉他，自己心里踏实吗？"

他依然没有放弃自己的坚持，继续四处投诉，四处举报。这件事情足足折腾了两个多月。虽然最后的调查，认定胡主任没有违规行为，但是仍然被责令要求写带有检查性质的报告。胡主任的情绪因此受了些影响，但是手术却是一台也没有少做，只是话比平时更少了。

这次事件之后，胡主任明显在科研上去下功夫了，他在手术上的追求没有以前有兴致了。他做手术的风格发生了挺大的改变，变得沉稳了很多，也谨慎了很多。对于大部分医生来说，沉稳、谨慎都是褒义词，但是我却明白，对于胡主任这样的大佬来说，用这两个词语描述他的手术风格并不是褒义。若是以前，胡主任手术的下线是 80 分，上线是 100 分的话，经此一役，胡主任手术的下线提高到了 85 分，但是上限也被他自己压制到了 90 分。他似乎不再追求所谓的完美，而是呈现出一种稳定的较高水平。上限下降了 10 分，但是这 10 分有着区分高手级和大师级的差别。我不知道什么时候胡主任才能重新回到之前的状态，抑或是还能不能回到之前的状态。我只能说，这个将胡主任折腾了两个多月的患者家属，让不知道多少患者失去了被完美治愈的机会。

第七章

有人回国治病，有人坐地找事

不知道从什么时候开始，医疗体系成了人们吐槽的对象，如果不是我在医院工作了大半辈子，只是看着网上那些声音，听着身边人的评论，可能我也会认为中国的医疗体系肮脏得漆黑一片，中国医生的白服下面隐藏着魔鬼的身体。

但是，我是这个庞大医疗体系中的一员，我最真切地理解着中国的医疗体系。我们的医疗体系，相比于很多国家是存在很大的优越性的。

我一个同学的女儿，人在美国，虽不算大富大贵，但也有中产的收入；没有入籍，但也早早拿到了绿卡。

她享受着和美国人同样的社会服务体系和医疗体系。

可就是在去年年初，朋友挺着急地给我打电话，说起了她女儿的遭遇。她女儿乳房有肿块，考虑是乳腺癌，可预约却排到了七十多天以后。她有些担心地问我，如果真的是恶性肿瘤，两个多月的时间有没有可能病情会更加恶化？如果不想等检查，唯一的办法就是去昂贵到她女儿都很难接受的高端私立医院。

我虽然知道我的答案可能会让人更加焦虑，但我还是以我浅显的医疗常识回答她，"如果真的是恶性肿瘤，发展快的话，七十多天足够从早期发展成中晚期"。不是我故意打击她，面对朋友，我得实话实说："真的耽误不起，还是尽快检查和治疗吧。"

我知道我的答案会让朋友更加难过，但也许是和医生相处多了，在面对病情的时候，我总是选择最直接的交流方式。"你知道吗？如果去私立医院治疗，她卖房子可能都不够检查费。她的医疗保险不覆盖私立医院这部分。"

我当然知道，作为在医院工作的行政人员，我可能比一些医生更了解外国医疗体系与中国的差异。在美国，普通预约挂号的费用，就要在 120 至 150 美元左右。急症虽然不需要挂号，但问诊费用一般也在 450 至 600 美金左右。救护车出来接一趟患者，需要收取五六千美金。如果没有医疗保险，万一在美国有个低血糖，被救护车送到医院去了，很可能六七千美金就这么没了，而到医院的时候，可能自己已经缓过来了。这样收费，就是普通美国医院的收费标准。

至于私立医院的收费，大约起步就是公立医院的十倍，甚至百倍。百十来万美金在私立医院只能购买一个"治疗方案"，这并不是小说里面的故事，而是很正常的支出。

我和朋友在电话中商量了很久，得出的结论很简单："让她尽快订机票回国吧！算上往返机票，加上治疗费用，也要比美国便宜得多。最关键的是，在国内治病不用等那么久。"

挂断电话，第三天，朋友的女儿回到国内，第四天、第五天完成了检查，确定了是乳腺恶性肿瘤，第六天手术，休养一周后就出院了。这个过程如果发生在美国，正常情况下，可能连预约见一个大夫的时间都不够。

可是即使是这种效率，在国内仍然被人不断地抨击着。国人有所不知，现在从全世界各地到中国来看病的患者已经越来越多了。

首先说我们的医疗水平，至少达到了国际平均值以上，在绝大部分疾病的治疗上，和先进国家并没有多大的差距，至少也是统一的标准。可是我们的医疗效率比其他国家要提高不知道多少倍。

很多人在抱怨，去一趟医院排队两小时，看病三分钟。可能是这些人享受中国的医疗制度已经习惯了。可这样抱怨，别说是被美国、欧洲这些国家的患者听到了，即使是香港人听到了，都会觉得太"凡尔赛"了。别管如何排队，在国内看病，至少当天能见到医生，一般三天之内能完成检查。这样的速度，即使在美国的高端私立医院，都是"奇迹"。在美国、英国乃至其他发达国家，一周之内能见到医生就算是运气极好，一项检查安排在一年后也不是什么怪事。曾经就有国人说过，在加拿大约了一个胃镜，排期在十四个月后，所以趁着回国的时候，用半天时间，他找个医院随便做了一个。

不知道有多少人说中国医院是"吸血鬼"，说国外医疗多么便宜，我有的时候觉得这些人的无知已经到了可笑的程度。

仍然以美国为例，割一个阑尾的花费一般不少于25000美金，从产前检查到生一个孩子的费用，一般都会超过50000美金，做一个心脏支架手术的费用同样超过50000美金。只以2010年的数据看，全美人均医疗支出接近 8500 美金。

而中国呢？ 2020 年的数据，三甲医院门诊次均费用只有 250 多元，二级医院门诊次均费用只有 160 多元。这样的医疗价格，根本不够美国一个预约挂号费的三分之一。

有的时候我也想不明白现在很多人的"消费观"，用比在美国多一倍的价格买一个名牌包，他不觉得贵。用比在美国多 30% 的价格买一部手机，他不觉得贵。甚至去饭店点一道成本只有 1 元却卖 30 元的酸辣土豆丝他也不觉得贵。但是花几十分之一的钱，享受远超美国效率的医疗服务，甚至只需要几十元，就能挂一个在行业内处于领先地位的专家的号，他就觉得贵。他们在骂给自己看病的医院，关键是支持他们观点的人很多，这就真的难以理解了。

他们从没有想过一件事，就是为他们治疗的医生，同等条件下，在国外至少要多几十倍甚至上百倍的收入，而且每周的工作时间可能比国内的一天还要短。同样是医生，在国外被尊重和被保护的程度要远超国内，这是事实。

不久前，我遇到了一个烧伤科患者的投诉。

女患者五十五岁，姓李，她在按摩店做"火疗"被烫伤，是小陈医生接诊的。小陈为她做了处理，叮嘱她不要擅自揭开包扎，尽量不要触碰伤口。

李女士来医院复查换药，按摩店的老板也跟着她一起来。换药的时候，小陈感觉包扎被打开过，小陈医生就多说了一句："以后别自己打开敷料，这样对愈合不好。烧烫伤愈合越快瘢痕越小，愈合越慢瘢痕越明显。"

李女士说道："你说得容易，你知道有多痒吗？痒得受不了。"

小陈听到这话，更仔细地检查，仔细观察后，才说道："没有什么问题呀，伤口愈合过程是有可能轻微瘙痒，您这创面并没什么特别的反应。"

"不是轻微瘙痒，是痒得没法忍。跟几万只虫子爬一样。"李女士说。

小陈又检查了一遍创面，才说道："您是不是吸烟、喝酒？这些可能会增加瘙痒的感觉。"

"没有！不抽烟也不喝酒。"李女士道。

小陈也没有多说，给李女士重新换药后说道："可能是您对瘙痒特别敏感吧。那您尽量忍着一点，还是别碰敷料了，早点好您也少受罪。另外您也别焦虑，焦虑也会让您更敏感。"

李女士一下子仿佛被点燃了一样，说道："你会看病吗？治得好治，哪这么多废话。你管我焦虑不焦虑！"

小陈一脸茫然，根本不知道自己哪里惹到了李女士，有些木讷地说道："难道我想缓解患者的焦虑也不对了？这是我工作！"说完，小陈又一次嘱咐道："不要再擅自打开敷料了。真的会影响恢复。"

"你们那个主任说，痒得厉害可以自己打开，见见风有好处的！"李女士说道。

小陈直接说："不可能！我们医院不可能有说这话的主任。"

"你怎么说话呢？你怎么说话呢？我还骗你不成！"李女士脸色很难看。

小陈这边排队的人很多，他显然也不想和这名患者多耽误时间，直接说道："您要是不信，我给您把号退了，您挂个专家号看看？"

"凭什么？你让我挂专家号我就挂？我就找你！"她不离开，而是接着说，"我这次烫伤之后，开始吃什么都过敏，一过敏就起一身疹子，伤口那儿最厉害，估计是纱布还是药什么的过敏了，这才必须打开包扎看看。"

小陈说："我没听说过烫伤有这种表现，我刚才换药的时候仔细看了，没发现什么过敏迹象呀！医用纱布是纯棉、无菌的，不会让人过敏。您的疹子在哪儿，我看看？"

"疹子刚退！这样吧，你给我开一个过敏源检测，我要验过敏源。"李女士说道。

小陈说："那您挂一个皮肤科吧，我这烧烫伤科开不出来这个检查。而且我确定刚才看您的创面没有什么异常。只是因为您擅自打开，影响了伤口愈合，比预期会愈合得慢一点。"

"你有没有医德！你会看病吗？你信不信我投诉你！"李女士脾气越来越坏。

小陈说道："这位大姐，您也别着急，可能是我水平不够，我给您把号退了，换药钱我也不找您要了。您看是不是换一个大夫，要不换一家医院看看。我就是一个烧烫伤的大夫，也不懂什么过敏。"

"你当大夫的，凭什么不给我看。我哪都不去。你给我开检查！"李女士说道。

小陈依旧重申道："这里是烧烫伤科，开不出来您要的检查，要是烧伤的来了，给人家开 CT，那不成开玩笑了。您这伤口就在这儿摆着了，我能看出来的问题就是烫伤，您要是怀疑有别的毛病，您只能挂别的号。"

从头到尾，小陈都很客气。李女士见也没有什么事，起身就要走。小陈又多说了一句："别自己打开敷料了呀！眼看天就热了，好不了多受罪。"

不知道为什么，李女士又急了，抓起小陈桌上的一支笔，直接朝小陈的脸扔了过去，骂道："你有病吧！"说完直接走出诊室，画面的最后，定格在小陈一脸迷茫的状态之下。

仔细看了三遍视频，我愣是不知道李女士为什么要投诉小陈。她提出小陈对她的治疗不专业，存在医疗失误，而且态度恶劣，侮辱病人。根据视频的记录，说小陈态度不好吧，当真算不上。说小陈治疗有问题吧，也的确挑不出什么毛病，毕竟就是一个简单的烫伤，谁也看不出来有什么特殊之处。我就直接将投诉封存，认定为无意义投诉。

之后，李女士又来换了几次药，每一次都能看出敷料被打开过，小陈也懒得和她多说什么了。不过按照小陈的估计，李女士的创口愈合至少慢了一倍的时间。

可等到很多人都把这事忘记后，李女士又找到了我们医务科，直接就问她之前的投诉处理得怎么样了。

"经过院方研判，陈医生在治疗过程中没有违规行为。您的投诉我们不受理。"我说道。

我直接调出了小陈的治疗过程，从电脑上放给李女士看，这已经是我工作的习惯，先把所有的事实都重现出来，再和投诉人沟通，因为投诉人脑海中的"事实"，往往和客观事实是有出入的。

看完之后，我向李女士问道："您看，陈大夫哪点存在问题？"

"他就是有问题！我也不管了，你们医院赔我一万五千元就行了！"李女士直接说道。

我竟然被气笑了，反问道："那您总得说出赔偿理由呀！小陈哪点错了，为什么要给您赔偿呀？"

"她让我受损失了！损失了一万五千元，现在找你们医院赔没毛病吧？"李女士说道。

我更是一头雾水，问道："您这损失是怎么来的，您得和我们说清楚吧！"

"原本我和那个按摩店说了，烫伤赔我五千元，医疗费用他们全担，要是留下疤了，一平方厘米明显疤痕赔我三千元。我这一共留下来十平方厘米的疤，应该赔三万元的，可小陈说我自己打开敷料会造成疤痕变多，对方现在只认一半，只赔我一万五千元。我当然得找你们要了！"李女士说着自己的道理，理直气壮，仿佛真的医院欠了她一样。

没等我开口，李女士接着又说道："我又不是傻子，我来第一次他就跟我说别自己打开敷料，容易留疤。我就是为了疤痕大点才自己打开的。就那次，按摩店的人跟我一块儿过来的那次，他说一次还不行，还反复地说。我告诉他我因为痒才打开的，给他一个台阶下，他还不听，还一次次接着说——他非得拆穿我！这才给了按摩店少赔钱的理由！我不找他我找谁！反正你们医院得承担我的损失！我不能白多受那么多天罪，更不能白留下这么大的疤！"

"对不起，我不认为小陈大夫和我们医院有任何责任！医生的义务是追求治疗的最优效果，给你的提示也都是在医疗上的正确告知。你和按摩店的事，和我们医院无关。"我说。

"那不行，你们就得负责。别以为按摩店赔钱什么的挺痛快，就以为他们好说话了！那个按摩店老板文着一身龙虎豹的，一看就不是好惹的。他赔钱就是堵我的嘴，不让我嚷嚷。他知道我家在哪儿，他那几个保安一个个跟黑社会一样，我跟他们闹，能有好果子吃？他赔我一万五千元就认了。他不给我，我也只能吃哑巴亏。反正损失的钱，我就得找你们医院要。"李女士说道。

"那你觉得医院就是软柿子，你想怎么捏就怎么捏了？"我问道。

"反正你们不敢给我来硬的，一个手指头都不敢动我。你们赔钱，你好我好大家好，反正钱也不是你自己的，你们医院这么大买卖，一万多块钱根本不算什么。你们不赔，我就带床和被子来，拉个横幅，天天在你们医院门口闹。反正我没工作，时间有的是！到时候就不是一万五的事了，我要是有个头疼脑热的，你们也麻烦不是吗？"李女士理直气壮地说。

"你这是敲诈，是犯法的，你懂吗？"我问她。

"别吓唬人，你们能怎么着？我这么大岁数了，怕你们？"李女士越说越兴奋。

我说道："您还是别给自己找麻烦了，您想的那些招，一毛钱都拿不到。这样闹下去到时候倒霉的是您自己，受罪的还是您自己。"

"你还敢叫人打我怎么着？"李女士说道。

"您注意到了吗？您看病的时候，全程都有录像。"说完，我指了指这间接待室的后面，说道，"您看，这里也有录像。刚才咱们说的话，都被录下来了，不管怎么说，您这事，医院是一点理都不缺，一点错都没有。"

"你们无耻！凭什么给我录像！你把录像删了！要不我去告你偷拍我！"李女士脸色瞬间变了。

我笑道："这个真删不了。录像的管理权都不在我们医院手上。服务器直接连着卫健委，也连着公安局。您得这么想，要是大夫看错病了，我们能自己改监控，那不乱套了吗？医院的监控，保护的不止是大夫，也保护患者。您别动这心思了，便宜不是这么占的。"

李女士骂骂咧咧地从医院离开，仿佛没有从这里讹到钱是受了多大的委屈一样。

我还遇到过一个病人，从住院开始，几乎每天都会找医务处投诉。

第一天，他投诉的内容就是为了住院，自己等了三天，好不容易有了病床，病房还没有窗户，这让他觉得心里憋屈，会影响自己的恢复。他要求护士长给他调床，可是整个住院部每一张床都排得满满当当，甚至等床的患者，比住院的患者还要多。

最关键的是，这名患者的身体状况并没有太大问题，可以理解他为定期住院，输输液调理一下慢性病。本来护士长已经建议他去社区医院住院，毕竟都是用一样的药，也不需要什么特殊的护理，可是这名患者就是不愿意。好不容易等来了病床，却又因为病房没有窗户和护士长闹了一通。

最后医务处介入，好说歹说，这名患者才住进了这间没有窗户的病房，护士长也答应他如果有病床了会给他调换。

第二天，这名患者的家属又来投诉，说他明明看到了有窗空床位，可是却没有给他调换，说医院糊弄他们。

我了解后才知道，那几床的患者并没有出院，有的是刚被推出去手术，有的则是手术后还在监护室，没有回到自己的病床。

勉强和这名患者的家属解释清楚了，过了一天也把患者调换到了一间有窗子的病房，可是患者家属却没有停止来找麻烦。

这名患者进入病房后，要求这间双人间的病房不能住进来其他患者，用他的话说："我们也讲理，病床费我们交。开我家属的名字就行。我这个人好静，和别人同睡一屋心里不踏实。"

这样的要求，医院是不可能同意的。而且在把他调进病房的时候，他的隔壁床已经安排了病人，只是病人要到下午才会住进来而已。

可就在下午和他同病房的患者来的时候，却发现怎么也打不开病房的门。谁都知道，医院病房的门是不能上锁的，因为不能出现患者突发状况，但医生开不开房门的情况。不仅如此，甚至医院病房的卫生间也不能上锁，因为医生要随时应对突发情况。

可眼下这间病房门却实实在在地被从里面锁上了。

护士和里面的患者、家属说了半天后，他们才打开病房门，却依旧无比警惕地看着新来的患者，打定主意不想让别人住进来一样，他理直气壮地说道："我可没破坏你们的门也没自己加锁，就是用了这个锁门器顶着了。"

所谓锁门器，就是一个类似于楔子一样的东西，顶住门缝后，会越推越紧，从外面根本打不开。

"你们锁门也没用，医院不是你们家开的，别的患者要住进来！"护士长这几天已经被这名患者和他的家属弄得有些烦闷了，说话便生硬了很多，她对患者说道，"这是医院，不是酒店，你要住，就守医院的规矩，不住的话，你可以办出院，外面有很多患者等着进来治病呢！"

患者说道："有外人在，我睡不踏实，这不是耽误我治病吗？我说了，那张病床的钱我给！你们医院讲不讲道理！"

护士长看着我，一脸无奈。问道："主任，你看怎么办吧！我没辙了。我们这工作没法干了。"

"通知大夫，给他办出院手续吧！"我说道。随即对这名患者道："您出院吧。需要什么药可以开走，自己找一个酒店，雇一个护士给您输液吧。我们医院提供不了

083

您要的服务。"

"医院哪有往外轰病人的！信不信我去投诉你们，我找报社找电视台曝光你们！"患者家属威胁道。

"医院不能往外轰病人，你们就能了？都是患者，你占着床位不让别人住，你们有道理了？"我反问道。

"我们又不是不给钱！告诉你了占用病床的钱我们出了！"患者家属理直气壮。

"我们的病床是给病人的。你当买火车票呢，多买一个座位放行李是吗？"我问道。

患者家属直接急了，说道："你说谁放行李！告诉你，说破大天，我们也不走！必须住满十四天。我倒要看看，这个病床谁敢占。信不信老子拆了你们医院！"

一直在旁边等着住进来的患者和家属，之前一直没有说话，患者的家属看着也是挺文静的一个四十多岁的男人，这时开口对我说："这位主任，让我和他们单独聊几句行吗？给我们五分钟，他们要是不同意，我们就转院。"

看着这位西装革履的男人，我点了点头，我和护士长刚要走，这位西装革履的男人走进病房，把我们关在了病房的门外。

十几秒钟后，一阵撕心裂肺的号叫从病房里传了出来。护士连忙去推门，门却怎么也推不开。我们隔着玻璃往里望，里面的两家家属却都在盲点里，我们根本看不到他们在做什么。只能听到"啪啪啪"的连续声音以及哀号和喊救命声，最后是喊饶命的叫声。

依稀还能听到一个温柔却又冰冷的声音："哥们儿，挺牛呀！拆医院是吧？不让我们进是吧？"然后又是"啪啪啪"几声。接着那个声音又说："都什么年头了，还玩耍横这一套是吗？有意见跟我来，不怕告诉你，哥们儿干物流的，手底下两百多号大车司机，什么场面我没见过，我还就不怕横的！"

随着病房里的声音越来越小，差不多三五分钟后，病房的门打开了。那个西装男先出来，只不过西装是挂在胳膊上的，衬衫的袖扣是解开的，袖子也挽了起来。他一脸和煦的笑容，对我说道："主任，耽误您时间了，我和他们商量好了，一切按照医院的规矩来，他们一会儿主动出院。他不会再给您添麻烦了。"

护士长先我一步走进病房，我随即跟了进去，我们看见病房墙角蹲着的正是刚刚还不可一世的那名患者家属，他的脸肿得和猪头肉一样，嘴角流着血。

"怎么回事！伤得重吗？你等会儿，我打电话报警！"护士长说道。

那被打的家属却拦住护士长，说道："没、没事，我是自己撞的。别报警！"颤抖着说这话，边说边看那一脸和煦笑容的西装男，目光里全是恐惧。

刚走进来的患者，看到眼前这一幕无奈地叹了一口气，而后一巴掌拍在西装男的脑袋上，骂道："你这个浑小子！信不信我打断你腿！说了你多少次了，怎么还跟个混混一样！"

西装男一脸嬉皮笑脸地说道："没有，他不是自己说了吗，他脸撞墙上了。再说了，我这已经客气多了，放我二十多岁的时候……"

没让他说完，那名患者抬起手来，又是给西装男两巴掌，然后对邻床上一脸恐惧的患者说道："老哥哥，对不起了，我们……"

那本来一堆毛病，特别难伺候的患者，直接张口道："没事！没事！我们的错！我们出院，你们住！"

一场闹剧，以一种令人难以想象的结局结束。当天下午，那对难伺候的患者和家属，完全按照医院的流程，办理了出院手续，没有说出一个不字。甚至医生说可以帮他处理伤口，或者帮助他们报警，他们都不愿意，只想快点离开。

新住进来的那名患者，脾气相当好，不管见到谁，都是乐呵呵的，和谁说话也都相当客气。他的儿子，那个下手很黑的西装男，接下来的几天却让护士站的护士们，不但不怕他，还都觉得这个人很好相处。

西装男真的是搞物流运输的。十几二十岁的时候，他走了一段时间弯路，还坐过几年牢。出来之后从跑大车开始，业余时间读了大学，后来创立了自己的物流公司。他手底下的人，很多也都是刑满释放人员。虽然他现在大小也算是一个老板，平时根本不会露出那些戾气，反而特别随和，甚至客气得让人觉得他卑微，但发起脾气来也会动粗。

他客气、随和及至卑微的时候，我们无论如何也无法把他和那个在病房里打人的人联系到一起。

我不赞成甚至很讨厌这个男人用这种方式解决问题，在我看来，不管任何原因，也不应该将解决问题的方式诉诸暴力。每次想起这件事的时候，我又都会感到无奈，如果不是遇到了这么一个人，面对这种胡搅蛮缠的患者，我真的又没有太好的办法去解决问题。

虽然现在制度完善了很多，对医护人员的保护也到位了许多，但是在医院里，每天都会遇到因为插队、加号造成的纠纷，处理这些事情，其实医院真的没有什么太好的办法。

　　相信不少专家都遇到过这种情况，出门诊的时候，突然跑来一个人，他不排队，愣是直接挤进诊室，或嬉皮笑脸或卖苦卖惨或梗着脖子要横，非让专家给加个号不可。

　　如果不被同意，他们就开始用各种办法干扰专家的诊疗工作，不达目的誓不罢休。往往遇到这样的事情，专家也没有太好的办法，只能答应他们。有的人的确是因为家人生病，但有的人真的是号贩子，在利用这种方式牟利。这些年对号贩子的打击越来越严厉，但是在利益的面前，总是有人铤而走险。

第八章
急诊科医生与得帕金森的手外科专家

去年夏天，急诊科人员流动，对于人员缺口严重的急诊外科，院里给调了人员过去：两个新丁、两个规培，同时还新上了一个住院总。一下子多了五头"牲口"，这下子可让急诊外科扬眉吐气了。这"牲口"并不是什么贬义词，而是他们对自己的称呼。在医院，特别是急诊科，女人是女汉子，男人是"牲口"这是永远不争的事实。

某天晚饭的时候，几个新人和护士们围坐在一起吃饭，其中一个刚来的规培生说道："咱们医院还挺好的，这来两天了，急诊也不忙呀，晚上还能睡一觉。"

瞬间，他看到所有值班护士的脸色同时阴沉下来，而高年资的值班医生看着新来的规培生摇着头，轻叹一声，拍了拍他的肩膀，说了一句："该来的总是要来的，小同志，自求多福吧！"

"我说错什么了吗？怎么大家这个表情？"刚才开口的规培生一脸疑惑。

当夜，从晚上七点开始，急性阑尾炎患者连续到来。我们这样的三甲医院，急诊手术室竟然被阑尾炎患者瞬间占满了。一个小护士战战兢兢地向护士长问道："难道是阑尾之夜？"护士长喃喃道："要只是阑尾之夜就好了。"小护士想要堵住护士长的嘴，终究还是慢了一点。护士长意识过来之后，轻轻地给自己的嘴来了一巴掌，说道："乱说话、乱说话……"

医院的医护人员相信墨菲定律，所以不敢乱说话。这一波阑尾还没有切完，护士站的电话响，连环追尾交通事故发生，十一个伤员已经在来医院的路上，交警队让医院准备接诊急救。

在急诊科，有这么一个做事的基本原则"先救命再治病"。阑尾短时间内不致命，算急诊手术没有错，但也可以改为择期手术。眼下伤员的抢救更紧要，医生们马上对剩下的阑尾炎患者做出消炎观察的处置，几台平车严阵以待，等着救护车的前来。值班的二线、一线医也早就有了心理准备，这一夜绝对有硬仗要打。

可以听出，救护车的声音连成一片之后，由远及近的那种让人心惊的声音。相传有一个急诊医生受伤，成了植物人，好几年都不醒，但是一天听到楼下两辆急救车连在一起的警笛，这医生直接从病床上下来了，还喊了一声"准备抢救"。如果这事是真的，那是医学奇迹。如果这事是假的，也是医院传出来的。

急诊外科这边的抢救马上开始。根据"先救命再治病"的原则，伤员马上被分为不同各类，该抢救的抢救，该手术的手术，该缝合的缝合。看似乱成一锅粥，但是真正在其中才知道医生们的工作都是有序的。

就在此时，被推着、被抱着、被搀着，来了好几个"阿凡达"，每个人的皮肤都是透着蓝光，只一眼就能确定是中毒了，而且百分之八十以上的可能是亚硝酸盐中毒。

脚不沾地的一整夜，让新人真的明白了他们是"牲口"。

在医院工作很累，而且医院里流传着这样一种很玄的说法：在哪个科室工作的人，就特别容易患哪个科室的疾病。

每隔几年，就会出现肿瘤科的同事在体检中发现肿瘤的情况。医生们是最有专业素养的一群人，也是最懂得预防疾病的人群，可是也逃不过疾病的困扰。当疾病发生在自己的身上，作为医生也只能自己承受。我曾和一个罹患肝癌的肿瘤科主任聊天，在得了病之后，他真的希望自己无知，那样他就能无所畏惧，可偏偏他自己就是专家，了解自己疾病的分型、程度及发展趋势。甚至他比自己的主治大夫还要清楚自己身体后续的变化。作为医生，他也无法治疗好当代医学还没有解决的疾病，无论他认识多少医疗专家。

对于医生来说，特别是外科医生来说，每一个外科医生最宝贵的其实是自己的双手，那双练了半辈子，稳定得吓人的一双手。我常说，如果让医生们去练射击，如果眼神没问题的话，能培养出不少世界射击冠军。同理，很多医生都善于绘画，甚至没有专门学习过绘画，可他们能画画就是因为他们的手太稳定，稳定到让画家汗颜。手的这种稳定性让外科医生在摄影中有惊人的表现。我真的看到过一名外科医生在没有三脚架的情况下拍夜景，手持相机曝光 11 秒，照片放大到二十寸，竟依然不模糊。

这位可以挑战专业摄影师的医生姓徐，我们医院手外科的副主任。没评上主任完全不是因为他的水平有问题，而是因为起点低。徐主任走的路子并不是博士毕业后进入医院这条最快的路子，他是本科毕业进入医院的医生。在医院实习的时候，他展示出了惊人的缝合天赋，天赋高到竟然让我们这种三甲医院，直接把他留下来的程度。因为他本身是本科生，一步慢步步慢，所以五十多岁，才仅仅是副主任医师，不过这并没影响他成为本市医大的教授、博导，培养出了不少优秀的学生，甚至在全国享有盛誉。不要以为缝合只是外科最基本的一项技术，能把缝合做好，一样可以开宗立派，成为一代大师。只说徐主任的断指缝合这一项技术，就能当得起专家的名声。他有惊人的天赋，但他也用了十多年的时间来学习研究，将国际上主流的肌腱缝合方式都研究了一遍，可以说每一种缝合手段，他都达到了极高的造诣，比如"Tang法"缝合，就连创始人汤教授都对他赞不绝口。杂取这些缝合方式的优点，徐主任开始走创造性运用的路子，俨然是一副大师将出的前兆。不出意外的话，可能用不了多少年，手部肌腱缝合就可能出现继"Tang法"之外，又一个以中国人命名的"Xu法"了。

可是就这么一个手外科的未来巨匠，却在他的光芒刚刚开始炽烈的时候，突然间暗淡了。那是两年前的一天，我正在办公室写材料，直接被电话叫到了手外手术室。当时的手术已经停下，患者并不是全麻状态，意识很清醒，但却不知道发生了什么事情，显得很紧张。徐主任则是跟被抽空了所有力气一样，坐在圆凳上，双目无神。

"你放心吧，手术没有出现问题，大部分缝合已经完成了，只不过我不能继续做了。我的学生马上过来，他的手术水平很高，你不用担心。我的眼睛不舒服，看不清了。"徐主任对患者说着。我和徐主任认识这么多年，相互的了解自然不少，我能听出事情没有这么简单，便想张口。徐主任却先一步转向了我，还没等我开口，他的一个眼神就投了过来，似乎是让我先别问，等出了手术室再和他说。

很快，徐主任的学生赶到了手术室，完成了后面的手术，手术也算得上成功，按照徐主任分析，应该会有不错的预后效果。

离开手术室，我和徐主任都没有回办公室，而是到了医院的超市，买了两杯咖啡。

"冰主任，这半场换刀，又给你添麻烦了。"徐主任说道。"哎，瞎客气什么了！我就是干这个的。"我说道。我说得没错，这本身就是我的工作而已。医生在手术过程中换主刀大夫，自然要在医务处备案，我下来亲自盯着，也是对工作最基本的态度。

我看着徐主任强挤出来的笑容，从中看出了他心里有事，便问道："老徐，究竟怎么回事？咱们认识快三十年了，有什么不能说的！"

徐主任继续硬挤出笑容，说道："你先别问，我自己也没有确定，等两天，到时候我肯定得找你。"

徐主任已经这么说了，我也便忍住了自己的好奇，没有继续追问。

事情过去了三天，正逢周末，我正在家里为了家务谁做的问题和女儿斗智斗勇时接到了徐主任的电话。他把我约了出去。那是一家规模不大，但是很有特色的菜馆，肯定是因为过节大部分人外出了，平时三四个人吃饭想订一个包间，真的不容易。推开包间的门，房间里除了徐主任之外，还有两个人——手外科的大主任寇老师和咱们医院的徐院长。菜已经点完，酒也已经倒好。

我进门和几人打过招呼后，对徐主任说道："行呀，老徐。咱们认识快三十年了吧，这是第一次看见你喝酒。你儿子结婚的时候你都拿八宝茶应付着。"的确，我从没见过徐主任喝酒，很多外科医生都不太喝酒，尤其以神外、心外、手外为最。喝酒无疑是伤神经的，对于这些要求手部极稳的专业，喝酒有可能让手受到一些影响。

但是我一直认为这更多是心理作用，同样也有很多医生就爱喝一口，可是也丝毫没有影响过他们的技术。

本是一句玩笑话，我刚说完，徐院长就拉了拉我的衣服，让我别继续说。我一脸不解，年过半百的徐主任，竟然哭出了声音，哽咽着说道："没事，现在能敞开喝了，啥也不担心了！"说着，他眼前的大半杯白酒被仰头一口干了。

"怎么回事？老徐，有什么事你说！"我也急了，要是到现在还不知道发生了大事，我也真的太迟钝了。房间内沉默了片刻，寇主任本来打算开口的，徐主任还是拉住了他，示意自己来说。

"你还记得那天手术我临时换刀吗？"徐主任说道。事情刚过两三天，我自然是记得的，随即点了点头。

徐主任说道："那天你问我，我没说，其实我也是在等一个结果，现在结果确定了。"他又给自己倒了大半杯酒，一口闷下去，声音再度哽咽，"确定了。帕金森！"

"帕金森"三个字从徐主任口中说出来，在我耳边好像一个闷雷，直接劈了过来。我手里拿着的筷子，掉到地上，我也没有反应过来。

"什么程度？"我试探性地问道，但是我心里已经不期待什么奇迹。

徐主任脸上还有眼泪，却也强行挤出了一个笑容，说道："很轻，最轻的。静止性震颤，手抖而已。不影响吃也不耽误喝。"

说实话，帕金森不是什么大病。如果程度不严重的话，对生存质量的影响也并不太大。可是哪怕是最轻型的帕金森，只是最普通的静止性震颤，对于外科医生意味着什么，我也是清楚的。这是被称为外科医生杀手的疾病。

徐主任自己继续说着："其实有半个月了，有时候我的手不自觉地动一下，我认为是因为最近精神紧张，并未多想，我还给自己排了不少台手术。我曾偷着乐，做手术的时候没事，在手术中我的手没抖过。那天叫你下来的那台手术，突然间我的手抖了一下，多亏不是动刀子的时候，而且抖的时候也正在休息，可我却不敢做了。这几天我检查了，帕金森，确认了。我废了。"

说真的，我真的不知道应该怎么安慰徐主任，一旁的徐院长、寇主任也根本不知道怎么安慰这样一人。都是医疗体系内的人，都太了解这病的情况，真的，徐主任就这么废了，突然间就这么废了。

"我，我……"徐主任说了几个我，可能因为情绪太激动,半天没有下文,他直接又喝了一杯,才说道,"我查了一下,我从接触手外,行医二十三年。肌腱缝合过11432指。断指接上了9549根。怎么就不能挽回我自己的一双手!我不甘心呀!"

徐主任哭得并不撕心裂肺,只是有点哽咽而已。但是这种哽咽,更像是刀子,插在我们几个人心里。徐院长、寇主任也在一旁一个劲儿地灌着酒,流着泪。

我们根本不知道那天喝了多少酒。我爱人还因为我喝多了,第二天还和我吵了一架。可是,在我将前一天发生的事情和我爱人说了以后,我爱人没有再说我一句。那一整天,我们家里的气氛也无比压抑。声音都比平时少了很多。

"帕金森,不是什么大毛病,应该能治吧?"我爱人问道。

我摇着头,说道:"没办法。那都是骗人的。谁要是真能治好帕金森,诺奖都是手到擒来的。直到现在,医学界对帕金森究竟是不是单纯的神经退行性病变都还有争议,简单说来就是连病在哪儿都还没弄清楚。"

"癌症都能治了,这个病比癌症总好治吧。"我爱人还不死心。我心里也很想她说得是对的,但毕竟我是一个在医院工作了半辈子的人,医疗常识总会掌握得更多一些，我只能无奈道："比癌症复杂的病太多了。癌症厉害只是因为致死率高。别说帕金森了，连感冒现在也还不是人类能解决的疾病。帕金森是神经系统的疾病，而我们对神经系统的了解比对火星的了解都少。"

"那这么好的大夫，就这么废了？以后上不了手术台了？"我爱人自然心有不甘。徐主任作为我最好的朋友之一，我爱人自然也认识，也关心。

我叹了一口气说道："没办法，手术台是肯定不能上了。谁也不确定他的手什么时候会抖一下，抖一下可能就是一次医疗事故。特别是手外科这种可能要在显微镜下操作的精密手术，他肯定不能再主刀了。"

一个多月后，我在行政楼层遇见了徐主任，他的精神状态挺好，再不是酒桌上那个哭得像孩子一样的人，反而有一种意气风发之感。

"老徐，来行政楼，有什么事吗？"我问道。

"哎！这不正申请国家专项课题项目吗？"徐主任说道。

我一怔，有些惊讶，问道："什么情况？"此时才反应过来，我们办公室隔壁就是科教处。

徐主任笑道："哎，我这不是手废了吗？可半辈子的积累不能就这么断了。最近我组织了几个比较有天赋的研究生，想把我这些年的手外肌腱缝合和预后复健的经验总结出来，看看能不能归纳出新的成体系的治疗指南和复健指南。"

在医学界，"指南"两个字不是随便说的，这是一种针对治疗的规范性文件，"指南"代表着权威，说得俗一点，总结出一部新指南，那是开宗立派的大事。"你这不言不语的，搞起了这么大的事！现在怎么样了？"

徐主任说道："其实以前也一直在积累，模糊的方向和想法一直都有，但是手术太多了，总没时间归纳总结，科研这块就落下了。现在好了，自己就不惦记手术的事了，开始专心科研，最近一个月，写了三篇论文了，不出意外都是发权威刊物。"

一个月前，徐主任那种好像世界都崩塌的样子，让我感同身受，他的遭遇让我至今无法释怀。我没想到，徐主任竟然比我先走了出来，愣是找到了自己的方向。

申请国家专项课题项目并不是简单的事情，竞争很激烈。为了徐主任的事情，医院专门成立了一个项目小组，抽调了院办、科教、医务的精英力量，再配合临床那边的同事，一起为徐主任跑课题。

功夫不负有心人，成功立项的关键也是徐主任本身的积累足够丰富，在各方面的努力下，徐主任申报的项目当年就得到了通过。两年之后，徐主任发表了各类论文十几篇，一些论文在国际上引起了相当的关注。以徐主任的经验总结出来的预后复健指南，开始在国内的重点医院进行临床实验，效果已经明显体现出来。新的肌腱缝合理念经徐主任提炼总结，已经基本成型，配合着新的缝合理念的新的术式也已经产生了几个。我们相信，"Xu 氏肌腱缝合理念"和"Xu 肌腱缝合法"将引爆世界手外科领域。

也许到那个时候，人们并不知道，"Xu 法"创始人的双手已不能再给患者做手术。

这名"失去"了双手的手外科大夫，终究还是用双手，继续着自己的手外传奇。

第九章
可能是子宫肌瘤也可能是阑尾炎

　　医疗本身就是一件很纯粹的事情，在医生看来，没有什么比患者的健康更重要。医疗的标准其实也很简单，就是让患者的健康状况实现最优化。这无可厚非，归根结底也最符合患者的利益。可是，在医疗实践中，很多事情真的变得不那么纯粹，甚至会把很简单的事情搞得越来越复杂。

　　有一年年初，还没出正月的某个晚上，大约十点多，急诊来了一对年轻人。女孩二十岁左右的样子，脸色苍白，已经看得出身体虚弱。

　　据女孩自己说，她刚和男朋友吃完饭，随后看了一场电影，电影结束后两个人在散步。今天本来是她月经的最后一天，原本已经快干净了，可却突然间来了一阵猛的，出血根本止不住。她的秋裤都被血浸透了，血顺着裤腿向下流。

女孩在向医生介绍病情的时候，显得很娇羞，但是这样出血也让她吓坏了，根本不敢有什么隐瞒。她无法估算出血量，只是觉得头昏昏沉沉的，很累，很想睡觉。

对于她的情况，医生自然不敢大意。她被医生送到了抢救室，上心电监护，进行抽血化验。眼下她的情况很危险，出血仍没有止住，有可能出现失血性休克。

很快，心电监护结果出来，血压 100/60，心率 102，血氧饱和度 98。目前看，她的生理体征还算可以，可是出血仍然在持续，大夫给女孩挂上了盐水，无论因为什么原因造成出血，补液都是必须的。

对于抢救病人，我帮不上忙，但是帮助急诊协调其他科室我是没有问题的。按照急诊大夫的要求，我连忙找了妇科的值班医生过来。

妇科医生见到这样的情况，第一反应是认为患者宫外孕孕囊破裂。我提醒了一句道："患者是在经期。"按照常识来说，女孩有月经，就应该不存在已怀孕的问题。但是妇科大夫很肯定地说："即使在经期，也不能直接排除。现在必须要确定出血原因，这么流血流下去，用不了多长时间，人就受不了了。"

"有过性生活吗？"妇科的医生向女孩问道。

女孩的声音很虚弱，但是很坚定，说道："没有。"

"要说实话！现在很危险。"大夫又问道。

"真的没有！我和男朋友已订婚了，说好了结婚之后才……"

虽然她这么说，但是妇科大夫还是说道："那也要留尿，做一个检查。"

女孩明显有些不高兴，说道："我已经说了，我没有。我还是处女！"

医生显然对这样的病人已经有了经验，说道："这个不只是验孕，是为了看 hcg 激素水平，比如畸胎瘤、恶性葡萄胎之类的病，都会从激素水平里看出来。"

女孩有些迟疑，看着自己的男朋友。男朋友却很干脆地说道："想什么呢！该做什么检查就做。在医院得听大夫的！"

女孩点了点头。其实大夫相信女孩所说的话，但是化验是必须要做的。

很快，化验结果出来，女孩的确没有怀孕。

医生排除了患者可能是宫外孕、流产及输卵管炎等情况后，判断有可能是子宫肌瘤，可是想要确诊子宫肌瘤，需要做阴道镜和彩超。

大夫直接和女孩商量起来，很温柔地说："现在必须要做一个阴道镜检查，这个检查没什么危险也没有什么难度，但是很可能破坏处女膜，这个……"

没等大夫说完，女孩直接道："不行，我不做！这是我的骄傲。"

一下子，医生也不知道应该如何是好，只能走出诊室，去找女孩的男朋友商量。

女孩的男朋友倒是很豁达，直接和医生到了诊室，去见自己的女朋友，张嘴就很不客气地说道："你脑子坏掉了？血一直流下去，人都干了，还想这想那干吗？"

女孩却很倔强，说道："那不行，我们同学就因为……"

"别跟我说这些没用的。有什么事比命重要？你自己看重这个，我尊重你！归根结底不就是一层结缔组织吗？有个屁用，我都不在乎，你在乎个屁！"说完，男孩问大夫，"大夫，是'结缔组织'这么个名吧！"

大夫也被男孩的话逗笑了，说道："表达很准确，就是结缔组织。"

"我怕你嫌弃我！"女孩说道。

"我真嫌弃你，我嫌弃你傻！快别神经病了，听大夫的话，让你干什么就干什么。"

女孩听了男朋友的话，做了检查。很快确定了的确是黏膜下子宫肌瘤出血，而且子宫肌瘤的尺寸还不小，有接近四厘米大小。

搞清楚问题后，治疗就容易很多了。

女孩听说自己患的是子宫肌瘤，很担心。大夫给她解释，这并不是什么很大病。这个肌瘤是良性的，就是需要进行止血，如果能止住血，就没有问题。如果止血不成功，就需要做一个手术，将肌瘤切除。

听到医生说要做手术，女孩更担心了。男朋友则在一旁不断地安慰着她。我在旁边看着，不由得觉得这女孩也算幸运，有这样一个体贴而且明事理的男友。

用药后，血暂时止住了，于是妇科医生回自己的科室去值班了。

可没想到，一个小时后，女孩突然又开始大量出血，只是一会儿时间，出血量估计就有 300 毫升。手术是非做不可了。

刚回妇产科没多久的大夫又被叫了回来。女孩很紧张，她一直在网上查着关于子宫肌瘤的介绍，看到有的患者竟然要摘除子宫，她整个人都已经在焦虑崩溃的边缘。

她拉着大夫的手说："大夫，我还想要孩子，你不会摘除我的子宫吧？"

"一般不会的，不到万不得已，我们不会切子宫的。"医生安慰着女孩，可是女孩明显还是很紧张。

女孩的手术马上就要进行，却找不到人签字。女孩的男朋友愿意签，可是毕竟没有结婚，他是没有签字资格的。可女孩不是本地人，父母短时间内根本赶不过来。女孩离医院最近的直系亲属是她在北京的一个姐姐。

女孩的姐姐连夜赶路，只用了一个多小时，就到了医院。

可当听说要做子宫肌瘤手术的时候，姐姐却有些不快，说道："我子宫肌瘤十几年了也没做手术。人都说了，子宫肌瘤根本不用做手术。你们医院这是过度医疗。小孩不懂，我懂。"

此时，女孩的状态已经越发不好，虽然医生在给她输血，但女孩的血压已经降到了80/40，随时有失血性休克的可能。

没等医生说话，女孩的男朋友倒是先急了，他对姐姐说道："姐，人和人不一样，病和病不一样，小婧她现在还在流血，不做手术，把这么一个瘤子留着过年吗？血再流下去，人都干了。"

"你懂什么，做手术，就算不摘子宫，小婧以后都可能不容易怀孕了！"姐姐说道。

"现在不琢磨以后的事！现在不做手术，可能明天小婧就没了！别管做成什么样，就算摘了子宫，这媳妇我也认！咱们别在这些不重要的事情上浪费时间了行吗？你要是不放心，小婧出院我们就办证去还不行？"

"你别说话，我跟小婧商量去。"说完，姐姐走进诊室，和女孩商量起来。这时候女孩已经相当虚弱，甚至说话都成问题。

大约过了十分钟，女孩的姐姐从病房出来，签了同意手术的字。妇科的医生直接把女孩推到了手术室。

手术还算顺利，没有出现需要摘除子宫的情况。手术结束，血也自然止住了。只过了三四天时间，女孩就已经恢复过来，气色好了很多。

这天，女孩的男朋友一直陪在她身边，虽然话不多，但谁都能看出他眼里对女朋友的关心。

女孩出院的时候，为她做手术的大夫还和她说："好好和你男朋友相处，这小伙子不错。要不是他拿主意干脆，你的病非得耽误了不可。这小伙子，值得托付。"

实话实说，没有什么地方会比医院更容易看出一个人的人性。

一些事情，如果在外面听说，会让人觉得齿冷，但是在医院里，却见怪不怪。谁也没办法计算，究竟有多少看似相濡以沫的夫妻，在一方查出来恶性肿瘤后，很快离婚。谁也不知道医生看到过多少子女，在老人弥留之际就为了争遗产，在医院楼道里大打出手。当然，医生们也会看到，前几分钟，丈夫还在楼道里打电话，求爷爷告奶奶地借钱，十分钟后，面带笑容地对自己患病的爱人说："别怕，钱不是问题，咱们好好治病。"

医生不是冷血的人，同样会有感动，也同样会有愤慨。但作为医生，面对患者的时候，他们要表现出来的只是自己专业、冷静、值得信赖的一面。

可有的时候，即使是医生，也无法压抑住自己的情绪，没办法以一个平常心去面对患者。

几个月前，医院接诊了一个十九岁的女孩。急性阑尾炎，到医院时女孩疼得已经休克。

女孩的腹部摸起来像一块钢板一样，硬邦邦的，不用做过多的检查，几乎就能肯定阑尾已经穿孔，甚至坏疽。必须马上给患者做手术，否则她有生命危险。

这种情况并不常出现，一般情况下，都不会任由病情发展到这样的程度。毕竟阑尾炎手术算得上最简单的外科手术之一，在国内可以说随便的一个有手术室的医院都能做这个手术。这女孩估计阑尾炎发作的时间已经至少有五六天了。

带女孩来医院的是她的表舅。医生问女孩的表舅："怎么不早点带孩子来看，本来一个微创都能解决问题，现在必须开腹了，而且还有危险。"

"不怪我呀！我联系她爸好几天了，要不是昨天看着人都快不行了，她爸还不会来天津！"表舅看看表，说道，"估摸着她爸得两个多小时后到天津。我看着孩子我也心疼呀，这几天去了好几家医院，大夫都让做手术，可她爸爸非说让吃药输液，不同意手术。他不来，没办法签字，我不是直系亲属呀。"

按理说，女孩现在这种情况，就算没有家属签字，也应该在医务处备案后直接推到手术室。可是听女孩的表舅这么说，大夫反而不敢做这个手术了，谁知道女孩的父亲究竟想的是什么。

只能一边给女孩消炎，一边等着女孩的父亲。

两个多小时后，女孩的父亲赶到医院，大夫直接拿出手术告知单，让女孩的父亲签字。女孩的父亲却说什么都不愿意签这个字。

"这么一个大姑娘，肚子上拉一个口子，以后怎么嫁人！"女孩的父亲说出了他拒绝手术的原因。

这种说法，在三十年前医生还能理解，但是现在，竟还有人这样说，这让医生觉得可笑，医生说道："你现在不签字，你闺女可能就没了！"

"你别骗我！我打听了，阑尾炎是能消炎治疗的，好多人都没切，凭啥让我姑娘切？你这一刀下去，彩礼少说少给十万。我不同意手术。"女孩的父亲说。

女孩的表舅蹲在一边，脸上都是心疼之色，他对女孩的父亲说道："三姐夫，现在别琢磨这些没用的了。孩子这几天疼得那个惨呀，我都看不过去了。你快点签字，让大夫把手术做了吧！"

"你别掺和！这手术不能做，我还指着用大丫的彩礼给我家小子买房。她这肚子上拉一刀，知道的是切阑尾，不知道的还以为大丫打过孩子呢！不就是疼点吗，等她嫁了人，想切哪儿切哪儿。"女孩父亲说完，转向大夫，说道，"反正人在你们医院了，你们就得负责把她治好。手术我不同意做，谁说也没用。"

眼看病人越来越危险，大夫无奈，只能找到医务处。不能看着这样一个女孩，因为阑尾炎死在医院。

若是找不到直系亲属还好说，可直系亲属就在眼前，却拒绝手术，医院也根本没有办法。

我只能设法先给女孩的父亲一个下马威，我说道："你不做手术也行，你把知情同意书签了，就写医生已经明确告知，患者必须马上手术，否则有生命危险。我已充分了解医生所说，仍然拒绝手术，所发生的一切后果，由我个人承担，医院及医生无任何责任。"

"你别哄我，我就不签！反正人在这里了，要是死在你们医院了，咱们就有得聊。我打听了，你们是正规的大医院，总不能把病人扔马路上去吧！"女孩的父亲说。

尔后，他和女孩的表舅说了一句："你费心看着吧，我这边还有事，我先走了。反正手术的字我是不会签的，手术我是不同意的。你要是敢乱签字，咱们没完。"

说完，女孩的父亲就愣是真的不管自己的女儿，离开了医院。把医生晾在了一边。

"混账呀！"女孩的表舅哭了起来，说道，"这闺女从小就没得到过一点好，有了弟弟之后，她连口饱饭都吃不上。本来学习挺好的，为了供她弟，高中没上完她就辍学了。我上次回老家，看见闺女可怜，把她接到我这儿当自己女儿养着，可是……"

说着，表舅拉着大夫的手，说道："你们行行好，让我签字，你们给孩子做手术吧！要不非出人命不可！"

我看着外科医生，说道："患者现在醒过来了吗？"

医生点了点头，说道："状态很不好，很危险。"

"手术？"我问。

"能做，问题不大。"大夫很肯定地说道。

我拿起电话，打给医院的法务，我说道："打印一份授权委托书，快点送过来！"

几分钟后，我和医生还有患者的表舅来到了女孩的病床前。女孩的额头在不断地渗出汗珠，我心里也不由得一阵痛。我真的想不明白，怎么会有亲生的父亲对自己的孩子这么心狠。

"姑娘，你愿意授权你表舅代表你签字手术吗？"我问道。

女孩吃力地应了一声。

法务的同事，将授权的内容向女孩介绍了一遍，医院的同事在一旁录着像，看着女孩亲口答应，并在知情同意书和授权委托书上签字。我们带着女孩的表舅离开了病房。

"你这个字签了，就要承担责任，不只是医院这边的，还有女孩父亲那边的，你想好了。"虽然我很希望女孩的表舅签这个字，但是我必须要将可能出现的情况都说清楚。

女孩的表舅没有任何犹豫，从我手里拿过那一沓文件，问道："都有哪些要签，只要能给孩子手术就行，后面的事后面再说。"

一个多小时后，当大夫将已经坏疽的阑尾用不锈钢盘托着递到女孩表舅面前的时候，女孩的表舅忍不住又流了眼泪。

"没事，手术挺成功的。但是毕竟耽误了这么长时间，而且已经有了腹膜炎，恢复期会长一点。"大夫说道。

"人没事就行。给您添麻烦了。"女孩的表舅给大夫深深地鞠了一躬。

后来，女孩的父亲的确到医院闹过，这种情况下，如果手术不成功，虽然医院的手续是齐备的，但麻烦总是有的。可是手术成功，女孩恢复得也很好，医院的手续完整，女孩的父亲闹了几次没用，也就不找医院的麻烦了。

但后来我们听说，女孩的父亲和表舅闹得很凶。女孩和父亲也差点没闹得断绝父女关系。至于细节，我们就不清楚了。可不管怎么说，这事最后的结果还算是好的。

可是，不是什么人都有一个真心心疼自己的表舅。有的时候，真的会因为家属拒绝签字，让患者活生生地丧了命。这样的新闻，其实并不少见。之前有一个在行业内闹得沸沸扬扬，也引起了很大争论的事情，就是这类典型悲剧。

孕妇李某某因难产生命垂危，面对身无分文的孕妇，某市大型医院决定免费让孕妇入院治疗，而同来的丈夫肖某拒绝在剖宫产手术单上签字，几十名医生、护士束手无策。

为了让肖某签字同意手术，该院赵院长亲自到场，110民警也赶到医院，在长达三小时的僵持过程中，肖某对众人的苦苦劝告置之不理。

最后，他在手术单上写道："坚持用药治疗，坚持不做剖宫手术，后果自负。"所有人的劝说都没有效果，肖某用方言说："她只是感冒，好了以后就会自己生了。"此时，有人怀疑他头脑是否有问题，医院紧急调来已经下班的神经科医生，经过询问，神经科医生确认肖某的思路很清晰，精神毫无异常。

据院方介绍，医院曾请110民警紧急调查孕妇的户籍，以便尽快联系上她的其他家人，但无果。在药物抢救了三小时后，当晚七点二十分，孕妇死在病床上。

事后，有人表示医院对孕妇的死负有责任，这件事应该作为医疗事故处理。甚至家属还和医院对簿公堂。

这件事从一个方面折射出医院在面对这类事情时的无奈。

医生自然知道，如果及时救治，这例患者母子平安的可能性极大。可是面对强硬的家属，医院却没有资格替家属同意做手术。治与不治，归根结底是患者和家属的权利，甚至在医疗事务中，患者本人的权利还不如家属的大。

还有一个新闻，一个母亲重病需要手术，可是她的儿子拒绝签字。母亲多次上门，也找了多方帮助协调，可是儿子就是不愿签下这个字，而医院因为拿不到直系亲属的签字，无法进行手术。

我们能做的，只是祈祷每一个患者身边，都有一个真正关心他的亲属，能有一个明理懂事、相信医生的人。

同时，我们也希望，法律能更健全，更人性化，希望能在法律的层面，避免这些悲剧的发生。我相信，如果这样，会有更多的生命，得到更好的保护。

第十章
丈夫·男友·闺密

　　医生的能力源自何处？这个问题问一万个人，可能有一万种回答。

　　如果有人问我这个问题，我会回答医生的能力，源自患者的信任。在我看来，如果患者对医生没有信任，无论医生在医术上有何等的建树，归根结底都是一场空罢了。

　　其实，对医生来说，患者的信任也是对他们最大的褒奖。

　　我有一个朋友，虽然并不在医疗系统工作，但却相距不远，总的来说他要比大部分人对医学更有自己的认知。

三年前他找我，是因为他爱人罹患乳腺癌，想要到我们医院住院，并且让我帮忙推荐医生。可以看出，当时他虽然担心，但并没有失态，他毕竟是对医学有些了解的人，不至于谈癌色变，他很清楚这病并没有想象的那么可怕。

作为朋友，我也自然就我的了解，向他推荐了我们医院的一名副主任医师黄老师。实话实说，在我们医院，论名气黄主任绝对不算大。我把黄主任推荐给自己的朋友，自然不是对我朋友不负责任，而是因为黄主任正处在一个外科医生最好的年纪，无论是精力和体力都在最巅峰的时期。

在我推荐了黄主任之后，我担心朋友觉得我没有尽心，又推荐了两名在国内享有盛誉的老主任给他。我这个朋友几乎没有考虑，就说道："我信你的第一判断，我爱人就找黄主任看吧。"我正准备给他好好讲讲推荐黄主任的理由，他又说道："既然找你推荐，我最起码要做到的就是信任，你推荐的第一人选是黄主任，你这样推荐一定有你的道理。我相信你不会害我。"

黄主任诊断后对我朋友说道："您爱人的病有三个治疗方案，各有优劣，我和您说说吧。我先把现在病情给您解释一下。"

我朋友苦笑一声，说道："黄老师，您别难为我了。

您说了我也不一定听得懂。选用哪种治疗方案，我的判断肯定不如您专业，我就想和您沟通一下。我有三个想法——有利于治疗，有利于恢复，有利于降低痛苦提升生存质量。在这三个前提之下，您不需要考虑任何和医疗本身无关的事情，我百分之百相信您的判断。需要付款，需要签字的时候，您告诉我，我绝对配合。"

黄主任说："难得碰上您这么信任医生的患者家属，既然您这么说了，那我就放心大胆地治。您提的这'三个想法'，在我看来应该是一个大夫所有诊疗工作的核心。平时我们面对患者时要考虑的问题太多了，这一次给您爱人看病，我什么都不用考虑，只考虑如何把病治好，只考虑如何把手术做漂亮。"

黄主任选定的治疗方案，的确相对少见一点，她没直接给病人做手术，而是先对患者进行了几个周期的化疗和靶向治疗，然后再进行手术。术后再接着进行几个周期的化疗和靶向治疗，随后是进行放疗。针对这个治疗方案，同院的不少患者专门找我朋友询问，有一些人甚至和我朋友说了一些很没有根据，甚至很不好听的话，例如：大夫前段时间手术太多，不想给你爱人做手术，就先做化疗、靶向应付着。面对这些说法，我的朋友都是一笑了之，朋友说："大夫定了治疗方案，我听话就行了。"一些病友就又说："别什么都信大夫的，咱们看病得有主见。"我朋友问："不听大夫的来医院干什么？有主见自己在家不就治了？"我朋友的这种态度，惹来了不少人的白眼，甚至有人说他"不识好人心"。

事实是，黄主任选定的这套治疗方案对我朋友的爱人极为适用。经过一个周期的靶向治疗和化疗之后，从片子里已经明显看出，她的肿瘤比刚来医院的时候缩小了三分之一，而且密度也降低了很多。这让手术的难度大幅降低，对于患者来说，承受难度越小的手术，对预后越有利。

眼看到了手术的日子，黄主任专门找到我的朋友，询问有关手术中保乳的问题。毕竟我朋友的爱人年纪并不是特别大，是否保乳其实是乳腺癌手术中一个很多人纠结的问题。我朋友当时只问了一句话："单纯从治疗、预后和生存质量考虑，您的建议是什么？"

"如果只考虑治疗和预后，乳房切除是比较好的选择。但是生存质量本身也包括美观，虽然可以用义乳替代，但是毕竟少块肉，不好看，不少患者心理上的坎过不去，因为这个抑郁的都有。"黄主任说道。

我的朋友只考虑了不到一分钟，就说道："以目前治疗和预后作为核心，直接切除，不考虑保乳的问题。也许她在心理上难以接受，但是这是我作为丈夫应该解决的问题，说句不中听的话，我不嫌弃，关别人什么事。"

手术相当成功，成功到让同一层病房的不少病友都羡慕。虽然病人们并不懂得手术，但是可以从恢复时间以及伤疤上看出一些不同。术后不到两天时间，我朋友爱人的引流瓶就基本上干净了。她术后的那道伤疤，平直熨帖。做过乳腺癌根治切除术的人都知道，想要伤疤平直并不容易，因为胸部的皮肤弹性很大，而且不平整。虽然乳房已全切了，无论怎么看都不美观，但是切口的样子，也相当重要。

整整一年多的治疗期过后，我朋友的爱人痊愈了。就在两个月前我还见过他们两口子，怎么看我朋友的爱人都不像是一个生过这样一场大病的人，她气色红润、精神爽朗，说着话随时脸上都带着笑容，这种笑容是由心而发的。想想也是，她有这样一个豁达的丈夫，作为他的妻子精神状态自然不会太差。

黄主任一直不知道我朋友的职业，直到有次闲聊，才问起我来，也不是故意打听。我笑着和黄主任说道："他的工作有很大一部分是和医院打交道的。他出生在医疗世家，父母都算是名医，后来他却搞了金融，可是心里还一直惦记着医疗体系，就是他最早在咱们城市推动了医院责任强制险的保险，人家现在不仅仅是保险公司的高层，同时还是医调委的专家。"

黄主任说："如果都是您朋友这样的病人家属，哪怕工作量再多三倍，医生都不会觉得累。"可是事实却是，病人家属们没有几个这么通情达理，这么愿意配合医生。

就因为自己的手术排的时间靠后，和医生反复纠缠的病人真的不是特例。病人的家属们热衷于争医生每天的第一台手术。为了争一个"第一台"，八仙过海，各显神通。威逼的、利诱的、以势压人的、以情动人的，总之就好像排不上最早的第一台手术，就要面临着医疗事故一样。可是医生每天不可能只做一台手术，而每一天只有一个"第一台"。一时间，抢医生每天的首台手术，跟抢正月初一禅寺的第一炷香一样，已经成为一道特殊的风景。

对于医生来说，的确有连台手术做到后面体力、精力下滑的可能性出现，但是每一个医生都会对自己的状态进行一个评估。如果感觉到自己真的到了临界值，难以支撑后面的手术，医生是会选择手术延后，休息一下，或者直接取消手术，择日再排的。同时，也有可能一个医生一天的手术都已经做完，发现自己的体力、精力仍然很好，也会临时安排排期手术的人提前来做。我在医院工作了半辈子，见过各种医疗事故，但是真的没有见过因为医生体力不支造成的事故。如果我有亲人要做手术，绝对不会去争所谓的"第一台"，如果能怀疑连台手术医生体力下滑，那么也可以怀疑第一台手术往往医生还没有完全进入状态。其实，这两种"怀疑"都是多余的。一切顺其自然，将安排手术的权利交还给医生，这才是患者最应该做的事情。

其实世界上最单纯的人可能就是医生。这是一群真的只关注治疗病人的医者。对于医生来说，没有什么事情比治疗本身更为重要，因为这是他们的职业，同时也是他们赖以生活的依凭。没有任何一个医生会故意伤害病人，更没有一个医生会有意识地误诊，或者有意识地耽误病人的病情。特别是对中国的医生，一次严重的误诊，可能会断送自己的职业生涯，没有医生会拿患者的疾病开玩笑。

可能有人不相信，在医生的诊断过程中，最大的敌人根本不是狡猾的疾病，而是不相信医生的患者或者家属。用医生的话说，有的时候询问病情病史，要比警察审讯嫌疑犯还要复杂。那不是一场"知无不言"的沟通，而是一番"斗智斗勇"的较量。

有的时候医生已经有了比较明确的判断，但是找不到病史作为支撑的话，医生是不能随便下出诊断的。患者或者家属故意隐瞒病史，对整个治疗过程，会造成延误，甚至造成误诊，乃至危及生命。

去年的九月份，天还很热。那段时间，我的爱人和孩子都出去旅行，我回到家也是无聊，所以下班后就不回家，而是在医院凑合一晚上。晚饭后，我在医院的广场上散步，看到一辆急救车开进医院，直接停到了急诊楼的门前。我不自觉地走了过去，想去看看急诊的情况。

我看到一个看上去三十多岁，相貌端庄大方的少妇，她带着一个十六七岁的少女，在急诊病室，少妇有些急切地说道："大夫，我们孩子急性阑尾炎，从中午就没吃没喝，您看能不能安排急诊手术。"说着，她掏出了一大沓化验单，递给了医生，"中午的时候我们去了一家医院，那边已经给过诊断了。"

看着一旁的女孩佝偻着身子，头上不停地渗着汗水，我可以看出此时她正在忍受着疼痛。"您先稍等，我看一下病历。"大夫翻看着手中的化验报告和病历诊断，当他看到上一家医院的诊断在"急性阑尾炎"后面打了两个问号的时候，不由得谨慎了起来。直接又从头翻看起每一个化验单。病历对医生诊疗患者的重要性不需要多说，病历上每一个字都是医生的判断。在诊断的后面专门加上两个问号，这说明医生对诊断并不确认。

大夫看了片刻，说道："检查不全面，还要补几项检查。"

没等医生说完，那少妇却用一种反感的语气说道："是不是要做尿早孕？你什么意思！"

医生愣了一下，看着少妇说道："怎么了？很正常呀！"医生继续解释道，"右侧输卵管妊娠出现的疼痛和麦氏点位置相当接近甚至重合。对于孕龄女性的急性阑尾炎诊断，必须要排除宫外孕可能。这是正常流程。"

说着，医生把少妇带来的化验单抽出来几张，说道："病人中午的化验，连乙肝、梅毒、艾滋病筛查都做了，我这还想了，怎么缺了右下腹 B 超和尿早孕，这两项是必须的，也是很正常的流程。"说到这里，当医生再看那个少妇的时候，其实心里已经明白了七八分，肯定是少妇拒绝检查。否则上一家医院的医生不可能这么草率地给出诊断，更不会在诊断的后面画上问号。

"你到底什么意思！我们家思思一直特别听话，特别乖！孩子我一直自己带，天天看着。孩子才十六岁，你们想给孩子安排早孕检查，你们当大夫的心有多脏？你们还有没有点最基本的医德？"少妇脸色涨红，咄咄逼人地对医生说道——仿佛医生让她的孩子做早孕检查就是要流氓一般。

医生并没有说话，无论如何，他不可能直接将一个没有明确诊断的患者直接拉上手术台。如果一刀切开，阑尾没有事，那么下不来台的就是医生自己了。沉吟片刻，医生的目光看向少女，问道："小姑娘，你有没有……"

医生的话还没说完，那少妇哪里还有半点端庄大气，直接向医生一把推了过去，骂道："你是流氓吗？看不出来孩子多大，那话你也问得出口？哪有医生追着一个十六岁的孩子验早孕的？你们缺这点化验费是吗？"

"你要实在不愿意做早孕化验，那就做一个右下腹B超，就算是做阑尾炎手术，术前也需要做B超看看。"大夫妥协道，"如果B超看不清的话，还是得做早孕化验才能确诊。这是必须流程。化验费我可以替你们掏了。"

少妇对周围所有人喊道："看见了吗？这大夫就是一个流氓，为了让孩子做早孕化验，自己花钱都行，你是有这个瘾吗？"

医生没再说什么，将所有的化验单据整理好，在病历本上写道："考虑急性阑尾炎，但患者存在输卵管妊娠可能性，家属拒绝进行尿早孕筛查排除，故无法对急性阑尾炎进行确诊及手术。"

医生将这一套东西都递还给了少妇，说道："我已经给你开了尿早孕和右下腹B超的检查，你要是做了，就拿报告回来，如果确认是急性阑尾炎，现在禁食时间是够的，可以安排急诊手术。如果你不做检查，我们是不可能给你收入院的。"医生的声音还是无比平静，这事情他不是第一次遇到，也不会是最后一次遇到。

医生完全不为她的情绪所动，这少妇也不知道自己应该怎么办，沉了片刻，她掏出电话，一边离开诊室，一边给医院的一位主任打电话。

几分钟后，少妇回到了诊室。刚一坐定，医生的手机响了起来。医生拿出手机一看，正是医院的一位主任，医生直接接了电话，少妇的脸上露出了得意的笑容。说了几句之后，医生似乎有些为难，开始支支吾吾起来，这时，我直接走到诊室，对医生说道："把电话给我吧。我刚才一直在外面看着呢！"

医生如蒙大赦一般，将电话给了我，有一些事，他真的不好当着患者家属的面说得太明白。我拿起电话，走出诊室，找了一个清静地方，然后和电话那头的刘主任切入正题："刘主任，刚才我一直在旁边看着，这事怪不到小林。"我将刚才的情况，仔细和刘主任说了一下。

"你是说林大夫判断右侧输卵管异位妊娠？"刘主任问道。

我应了一声，说道："患者家属中午就到一家医院看过了，估计也是拒绝早孕筛查，那边没收入医院，这晚上孩子疼得厉害，才来咱们这儿，这家属就恨不得直接拉上手术台切阑尾，小林肯定不能直接动刀子呀！"

"没错，没错！"刘主任是一名医生，涉及专业的事情，肯定不能为人情所左右。何况如果真的是异位妊娠，不管什么样的人情，也不能改变病情的本身。

"刘主任，你看这……"我向刘主任询问道。

刘主任叹了一口气，说道："我和她说吧！这都什么时候了，要真是输卵管妊娠，一旦输卵管破了，人可能都来不及救就没了！"

挂断电话，我把手机递给了林医生，自己也退出了诊室，继续当一个观众。不到五分钟，刘主任风风火火地从住院部跑了过来。直接把那个少妇拉到一边，和她说了起来。

一会儿后，我听到了少妇悲恸的哭声，如同杜鹃啼血，她哭诉道："哪有这样的！我们思思可乖了，非得验什么早孕，你这让她怎么做人？让我这当妈的怎么做人？"

"就是做一个化验，淋点尿，几分钟的事，有什么不能做人的！我告诉你，要是急性阑尾炎，你这耽误一会儿也就是孩子受罪疼一会儿，一时半会儿要不了命，可要是输卵管妊娠，随时都可能输卵管破裂，弄不好人说没就没！你是当妈的，你自己看吧！这么大人了，你怎么这么拧呢。要真是那毛病，你不做检查就没有了？到时候不是病没有了，是人没有了！"刘主任说道。

刘主任和这少妇是朋友，只有朋友间才能这么说话。要是旁的医生和患者家属这么说话，肯定少不了要被投诉。

直到此时，少妇仍然不死心，说道："那不行我换个医院去。反正阑尾炎不是大手术，哪儿都能做。"

"你怎么就这么糊涂呢？除非去黑诊所，你到任何正规医院，没有早孕筛查，也不可能给你开刀切阑尾。把没毛病的阑尾切下来？还是那句话，不是你不检查就没有毛病的！你要是真不放心，直接让孩子查一下不就行了吗？"刘主任也急了起来。

少妇哭得更厉害了。半晌后才从口袋里掏出一个验孕棒，上面显示是阳性，她说道："这是我从我们家卫生间垃圾桶里看见的。你知道我家的情况，就我们娘俩，根本没有外人来过……"说着，少妇哭得整个人都抽了起来。

"你挺精明的一个人，怎么遇事糊涂成这样！差点要了你闺女命，你知道吗？你打算怎么着？你不带她看，还想她生下来？"刘主任说道。

少妇抽噎着说："我这两天正打算找点药，让她偷偷摸摸喝了。直接打了就算了！谁知道这……"

"你自己反省一会儿吧！"刘主任白了少妇一眼。刘主任来到诊室这边，对林大夫说："麻烦你了小林。早孕阳性。"刘主任把验孕棒递给林大夫说，"安排个 B 超吧，确认一下究竟是异位妊娠还是阑尾炎。我这朋友不懂事，给你添麻烦了。"

"刘老师，瞧您说的。都理解，都理解。"林大夫说着。

就在这时，突然间少女一声哀号，脸色瞬间变得惨白，鲜血顺着短裤流了出来。少女疼得滚到了地上。

"坏了！护士！护士！"林大夫马上喊道，这时值班护士跑了过来，林大夫忙说道："递单子，马上安排手术室！叫妇科大夫来手术室会诊，人直接推进手术室。""家属呢？家属快点过来！"

此时那少妇还在角落里哭哭啼啼，刘主任直接拉过了她，说道："别哭了！人命关天哪！"

"林大夫，您先做交代，快点让她签字。我和妇科苏主任说一声，看她在不在医院。"说完后，刘主任转向了我，说道："冰主任，又得给您添麻烦了。"我点了点头，说道："先让家属签字，手术，救人！院内手续后补！"

也多亏了此时少女就是在医院里，如果多耽误一会儿，可能这花季少女真的就此枯萎了。可如果这少妇中午在上一家医院就完成了检查，这一切完全可以避免。

在医疗事务中，无论患者家属和医生如何斗智斗勇，无论是否斗败了医生，真正受伤的却只有患者。如果患者家属多给医生一点信任，少一些自己的打算，这危急一幕，可能根本不会出现。

无独有偶，就在这次事情过去两三天之后，又发了类似事件。

医院特需门诊收了一名患者——本地一个富商带着自己的女朋友前来看病。当时富商的女友已经脸色惨白到没有一点血色，嘴唇呈现出青紫的颜色，头发乱蓬蓬的，但是也能看出她的年纪并不大，而且完全可以用很漂亮来形容，即使是这种病态之下，也是难得的美人。

少女已经很难自己陈述病情。富商显然对这少女也的确关心，直接将这几天少女的情况都说了出来：三天前出现茶色尿液，而后身体一直剧痛，无论进食还是饮水都很困难，饮水后还会产生呕吐症状；不时地全身发抖、痉挛，最要命的是已经有一整天的时间没有上过卫生间。

患者一整天无尿的情况，足以让医生们产生关注。在进行了检查之后，医生发现患者情况远比想象的还要复杂，可以说这少女现在已经生命垂危，甚至随时可能就失去这条鲜活的生命。

"金先生，现在白小姐很危险。目前我们只能先对症治疗，稳定她的生命体征。现在要向您询问一些情况，任何一个细节都可能帮助到医生判断。"肾内科主任于洪说道。

富商金先生点了点头。于主任的问诊算得上相当全面，可是越问于主任的眉头皱得越深。于主任根本找不到任何致病的病因。按照金先生所说，他的女朋友白婧是一个极度自律、生活极度健康的人，白婧是模特，不吸烟、不喝酒。近一年的时间，除了五个月前发烧，吃过一次感冒药之外，没有服用过任何药物。不喝饮料，只喝清水。一日三餐也极为规律，从不暴饮暴食，饮食也清淡、健康，而且极少在外面吃饭，就算是工作，也习惯自己带饭。每天六点半准时起床，一个月也不一定熬夜一次，就算熬夜也没有两点之后睡过觉。按照金先生所说，他和白婧在一起生活了一年多时间，在白婧的影响下，自己不知不觉都减重了四十多斤，连高血压、高血脂都好了。

"白小姐有没有运动过量或者近期受过什么伤？"于主任问。

"没有。她正常每天早上做 25 分钟瑜伽，下午运动 30 分钟，就是慢跑和拉伸。隔天进行 25 分钟的力量锻炼，也是在专业教练指导下进行。她现在主要就是保持体态，根本不会做大量的运动。受伤只有去年差不多这个时候，走秀扭了一次脚，没有一周就好了。"金先生说道。

"金先生，不瞒您说，现在白小姐是急性肾衰竭。我判断是横纹肌溶解症造成的。而且白小姐的情况还是属于很严重的那一种，如果现在不能确诊，很有可能白小姐坚持不了两三天的时间。"于主任说道。

"既然判断了，那就治呀！别管花多少钱！"金先生说。

"横纹肌溶解不会凭空发生，现在没有支持我判断的病史，我没有办法凭着个人判断进行治疗。简单说吧，横纹肌溶解有可能是因为食物问题造成，有可能是因为过量运动造成，还有可能是因为身体伤害造成。可是按照您所说的，完全无法支撑我的判断。我想请您回忆一下，最近一段时间，有没有任何有可能伤害到白小姐身体的情况发生，您的信息很可能救下白小姐一命。"于主任说道。

"没有，绝对没有了！至少我和白婧在一起的时候没有。而最近一个月的时间，我们每天都见面。她就是这几天突然出现问题。你看这个——"说着，金先生拿出手机，翻出了相册，给于主任看，"这些是一周前白婧参加活动时的照片，那时候她一点事都没有。而且她特别注意保护自己，离开过自己视线的水她从不再喝。你知道的，她们这行比较乱，白婧长得又……"

"好吧，金先生您再回忆回忆，我们先进行对症治疗，争取先稳定住白小姐的病情。"于主任说道。

ICU 内，白婧身上插满了管子，于主任到的时候，ICU 医生直接说道："于主任，生理指标支持横纹肌溶解症的特点。"于主任点了点头，道："可是没有病史支撑，不好确诊。先对症进行治疗，必须稳住患者状态。有尿了吗？"

"一小时不到 15ml。"

这样的数据并不乐观。于主任也很担心，沉吟片刻说道："注意补液，必要的时候上透析、血滤。我这边还是要确定病因。"

于主任一连又问了金先生好几次，都没有得到有效的信息。万不得已，于主任问道："您有没有白小姐很亲密的家人、朋友的联系方式。我还是需要进一步确定病史。"

此时金先生已经有些不悦，但还是给了于主任一个电话，说道："小白最好的闺密。不过，我都说没有了，从别人那里也问不出来什么。你要是有这个时间，真的不如快点想办法治疗。"

于主任给白婧那个叫小娜的闺密打了电话，刚说明情况，小娜就说道："大夫，电话里我怕说不清楚。我十五分钟后到医院，可以吗？"

很快，一个同样看上去百里挑一的漂亮女孩，风风火火地跑到了医院。可以看出这女孩此时很是狼狈，按说这个年纪这个样貌的女孩子，很少会这样素面朝天，风尘仆仆的样子。

"小娜，长话短说，现在白小姐很危险，我需要明确病史，才能确认我的诊断。刚才金先生已经和我们说了一些情况，按金先生说的，白婧的生活极度自律，没有任何不良嗜好，没有过量运动，没有混乱的饮食，也没有受过伤。你这边有什么了解吗？主要是饮食、过量运动和受伤方面。"于主任问道。

小娜沉吟片刻，说道："白白是我见过的最自律的人，她真的没有半点不良习惯。就算被我们拉着去唱歌，她也只喝矿泉水，连碳酸饮料、含糖饮料也不喝。运动也不会过量，我们的训练都是在专业人员指导下进行的，而且这个运动量她已经持续好多年了，过量也不会现在过。至于受伤，我上次见她是五天前，肯定没受伤。"

"这不应该，如果不是很强的伤害，很难造成现在的这种程度的疾病。现在所有指征都支持横纹肌溶解，但是想要造成这么严重的横纹肌溶解症，至少得是严重过量的无氧运动，或者身体大范围外伤才能出现。没有这种病史支撑，我们现在很难做出明确诊断。"于主任越来越着急。

"您等等！"小娜似乎想起了什么，随后说道，"您说无氧运动？那窒息算不算？"

"窒息？比较长时间的窒息，是有可能造成这种情况的，如果窒息过程中肌肉大量收缩，就更可能了！"于洪说道。

小娜直接站起身来，重重地将自己的包扔到地上，说道："早就说了！那人就是一个变态！于主任，就是她男朋友弄的！要是白白出什么事，他就是凶手！"

"我看金先生对白小姐挺好的呀！具体是什么情况？"于洪说道。他可以看出金先生的确对白婧很关心，那种目光里的柔情，不是可以装出来的。

原来金先生喜欢游泳，白婧为了迎合他，就一直在努力练习憋气，她认为憋气时间越长游泳的速度就越快，有好几次因为憋气而窒息。这些金先生是知道的，因为他许诺过："如果速度游到和我一样，我马上娶你。"白婧就玩了命地练上了。

"金先生，白婧练游泳，因憋气而窒息过吗？"于洪直接问道。

"你胡说什么了！谁造谣！是那个小娜吧！她一直不愿意小白和我在一块儿，一定是她造谣！"金先生恼羞成怒。

于洪却说道："金先生，对于你们平时的各种爱好，我不关心！我现在关心的是 ICU 里面躺着的，只有二十三岁的，生活自律，年轻漂亮，风华正茂，还可能有美好人生的那个患者！我现在需要您给我一个明确的回答，在近一周内，患者练习憋气了吗？这种情况！您现在早给我一分钟的明确回答，我就能早一分钟对症治疗！"此时于洪的声音也很坚定，面对一个已经无尿的患者，真的每一分钟的时间都很重要。

"没有！胡说八道！我从来没有逼迫她练习！"金先生说道。

"放屁！"这时小娜冲了过来，拿着自己的手包，就向金先生砸来，她说道："怎么？怕了！敢做有什么不敢当的？真白瞎了白白这么爱你，每天都在幻想和你结婚。你别觉得你有俩臭钱怎么样了，追白白的比你年轻比你有钱的有的是，至少人家还都没带着孩子。真不知道白白看上你哪儿了，死心塌地的！我告诉你，白白要是没事便罢，我也不想管这些闲事。白白但凡有个三长两短，我陈晓娜拼了命，也要给白白讨回一个公道。别以为你不承认就没事了！要是白白真的出事了，我就不信尸检查不出来原因！我这边有之前白白跟我打电话说你和她的事的录音。只要白白出事，这些都是证据！我要是你，现在无论如何先治好白白。有什么事过后再说，要不你给我等着！"

小娜就这样指着鼻子对金先生骂着。不得不说，在旁观者的角度上看，作为一个闺密，做到小娜这样，已经算是很合格了。

沉默了足有一分钟，小娜不断地喘着粗气，而金先生攥紧的拳头慢慢地松开，而后又攥紧，最后松开的时候，整个人都和泄了气一样。转头对于主任说道："于主任，麻烦您了！尽全力治疗吧！就算真的有什么责任，我也承担。"说完这句话，金先生一屁股坐到了椅子上。

"勉强还有点男人样，早干什么去了！"说完，小娜也坐在了椅子上，而于主任早已经小跑地直奔 ICU 了。

明确病因，对症治疗就要容易很多，但是得了这样一场大病，也不是那么好恢复的。

"于主任，情况怎么样？"金先生问道。小娜也围了过来。

"也多亏白小姐的身体素质好，命是能保住了。可是后期的恢复……"没等于主任说完，金先生说道："只要命保住就行，后面别管成什么样子，她这辈子我照顾！是我对不住她。"

"身体应该能恢复到现有状态的 70% 吧，也是因为白小姐身体好，而且很自律，但完全恢复不太可能。恢复个八九成，也还是有希望的。"于主任说道。

金先生一脸苦涩，但还是挤出了一个笑容。小娜轻哼一声，但也松了一口气，她好像想起来什么，说道："大夫，要是这姓金的，一早就自己说了，少耽误这么几个小时，白白会不会恢复得更好一点？"

实话实说，这种情况下，别说早几个小时，如果早十分钟都可能给患者的预后带来更好的影响。作为医生来说，应该实事求是回答。于主任也可以看出，无论金先生还是小娜，对白婧都是真的关心，如果自己如实回答，可能让这两个人的矛盾加深，甚至可能让患者白婧

139

更难受。想了想，于主任才说道："其实这一两个小时没什么影响。说实话病情是耽误了。如果刚开始出现茶色尿的时候就及时就医，可能不会发展到这么严重，后来到了无尿期才来医院，就已经晚点了。"

"怪我，都怪我！其实我也说早来看病的。可小白总觉得自己身体好，什么毛病能不吃药就不吃药，能扛一天或许第二天就过去了。这才耽误了！大夫，您费心了！不用考虑费用问题，只要是对小白好，医院这边就给我治，不管治成什么样，我们出院就结婚！"金先生说道。

白婧如果真的有最需要感激的，那就得感激自己以往的生活极度自律了。经过半个月的住院治疗，她的身体已经有所恢复，可以预期的恢复应该比较好。总的来说，这也是不幸中的万幸。

可是于主任一直在想，如果金先生能第一时间将自己知道的事情和医院说清楚，提前了几个小时进行治疗，有可能白婧的恢复还能更好一些。

真的希望，每一个人都读一下希波克拉底誓言，也许在读完希波克拉底誓言之后，人们能学会给医生多一点点信任，也给自己多一点点时间，多一点点机会。

第十一章
不遵医嘱

当患者或者家属认为自己在和医生的"斗智斗勇"中胜出一局的时候，到最后吃亏的往往却是自己。

隐瞒病史者，掩盖病因者，医生已经见怪不怪。在手术之前偷偷吃东西的事情，不论医生、护士怎么严格要求，却都屡禁不止。

我在医务处的时候，处理过很多起因为术前没有禁食水发生意外的纠纷。术前没有禁食水的患者多是孩子，因为家长自以为和医护人员"斗智斗勇"胜利，最后他们却让自己的孩子遭了罪。

医生都希望"多一事不如少一事"，如非必要，医生不会定下什么"特殊规矩"折腾患者。对于术前禁食水这件事，既然被医生提出来，自然有它的必要性。

人在清醒的时候，如果被食物或者水呛到，会自然产生咳嗽的动作，防止水或者食物进入肺部。可是在麻醉过程中，这种条件反射会消失。如果这个时候有食物或者胃液反流，很容易被吸入到肺里。一旦发生误吸，食物会阻塞呼吸道，可能几分钟内就会造成患者死亡。即使当时抢救过来，也很可能造成吸入性肺炎等严重的疾病。

可是，那些"疼爱"孩子的家长，觉得孩子要做手术，已经够可怜的，竟然还被医生要求饿肚子——这完全就是一种"没事找事"的"无理要求"。他们能想出各种办法，在医生或者护士看不到的时候，偷偷给孩子吃下去各种美味：糖果、牛奶、巧克力，还有包子、饺子、大煎饼……在去手术室前，医生护士专门问他们"禁食水时间够吗"的时候，他们瞪着一双真诚的大眼睛，对医护人员说："孩子已经大半天没吃东西了。"

等到孩子在手术台上发生了反流，出现了危险甚至造成了疾病之后，他们会将所有的错误全推到医院的这边。在他们看来，自己对孩子的"爱"是没有错的，给孩子在手术前吃东西也是没有错的，错只错在了医院监管不严格，错在了医生医术不精湛。殊不知，在意外发生之后，无论怎么解决，真正受罪的都是他们以爱之名害了的孩子。

除了这些被"爱"伤害的孩子之外，还有各种被保健品伤了的老人。我总是会想，为什么医院、医生已经想尽办法，通过各种手段进行科普，告诉老年人保健品不可以乱吃，但仍然比不过那些推销保健品的商家。甚至很多老人已经吃坏了身子，吃到了病危，仍然不认为是保健品的问题。

去年，我就遇到过这么一个老太太，其实这老太太的孩子我也算认识。老太太本人也有些文化，看上去不应该是这么容易上当的人。可是看着两份相隔不到三个月的体检报告，她的遭遇让医生心里一紧。

第一份体检报告，是老太太单位体检的报告，对于七十多岁的老人来说，这份体检报告算得上"样板"了，除了视力有些下降之外，她身体的各方面机能都不错。可是时隔三个月之后再次体检，她的肝肾功能已严重受损，这让医生都觉得有些不可思议。

老人自己说，每天都是在家里吃饭，生活也没有发生什么变化。按理说这种程度的肝肾损伤，绝不应该是在这么短的时间内造成的。可是仔细询问了病史之后，才知道老太太在一个推销员的介绍下，买了二十多种保健品，每天大量服用。

医生告诉她，她现在的身体很糟糕，正是那些保健品造成的，老太太的第一反应不是停用保健品，而是认为医生在骗她。她觉得自己身体很好，即使是眼下总有些不舒服，她认为也是因为吃了保健品，现在身体正在"排毒"，等到排毒结束，自己至少还能年轻二十岁。

老太太在讲述她吃的保健品时，绝对的"头头是道"，她说："我不可能被骗，我也是有文化的，不是跟傻老娘儿们一样，人家说买什么我就买什么，我都上网查过这些保健品了，人家都是正规厂家生产的，是有资质的药企做的。而且网上说了，我吃的这些都是人体必须的，对人身体有好处的。就说蛋白粉吧，这个肯定得补充呀，蛋白质是生命的基础，多吃点总没有坏处吧？"

这老太太，每天光蛋白粉就会吃将近 100 克，加上其他的各类保健品，她吃得可真不少。莫说是一个已经七十多岁的老人，就算是一个二三十岁的大小伙子，在没有什么重体力劳动的情况下，正常饮食之外每天摄入 100 克含量高达 80% 以上的蛋白粉，给肾脏的压力都是相当可怕的，更何况她还吃另外十几种不同的"营养物质"！

可是，无论医生怎么和老太太解释，老太太却更愿意相信她从网上查到的"权威资料"，固执地认为自己就算多吃了一点，但吃的都是好东西，好东西总不会对身体不好。

"老太太，水是好东西，多喝对身体好。但是水喝太多了都会中毒，这您知道吗？"医生对老人说。

老人更觉得医生是骗子了，口口声声地说："我活了七十多年了，没听说过喝水中毒的！"

"任何东西一旦过量，都会出问题。您现在必须把所有的保健品都停了，然后好好休养，否则身体真的会垮了，您现在已经相当危险了！"医生苦口婆心地说。

老太太却根本不以为意。临走的时候，她没给医生一个好脸色。

又过了三个月，老人再来医院的时候，已经坐着轮椅了。这次体检，医生发现她的心脏、肠胃、肝、肾等脏器都已经有了很严重的病变。特别是肾脏几乎已经失去了功能，后半生她只能依靠透析来维持生命。

可即使到了这种程度，这老太太还只是认为自己"老了"，身体自然退化了，仍然不相信是那些"很好的保健品"将她祸害成了这个样子。

今年年中，我听说这个老太太走了。如果不是那些保健品，在我看来凭老太太本来的身子骨，如果没什么意外的话，多活十年肯定是没有问题的。

一次，我和医生聊天时聊到这位老太太，"要是老太太买的保健品都是假的，也不至于到这种程度，可她买的保健品还真都不错。"医生说道，"如果蛋白粉不是蛋白粉，就跟外面普遍的那种保健品一样，里面都是淀粉什么的，一天多吃二两淀粉，最多会发胖，但不至于短时间内要命。"

我专门向他请教过，一个七十岁的老人，如果要补充蛋白粉，每天多少量合适。这个医生对我说："七十岁了，别管身体多好，新陈代谢也会减慢，对营养的要求也会大幅降低。按照现在的生活质量，蛋白质摄入本身就足够，根本不需要额外补充。就算是常年素食，少油少盐，少主食的极端情况，一个七十岁的老人，每天额外补充 10 克蛋白质就已经足够了。蛋白质吸收不了，都要通过肾脏代谢。"

医生认为，无论什么年纪的人，只要正常饮食，都没有通过营养品、保健品专门补充某种物质的必要。现在人们的饮食多样化，带来的已经是各种营养物质的过剩，很少会出现什么营养不良的情况。即使有人饮食摄入的营养不均衡，有目标地补充一到两种维生素就已经是极限了。

蛋白粉之类的营养品，根本就不适合普通人日常食用。除非是重体力劳动或者锻炼的人，饮食摄取无法达到身体蛋白质需求的情况下，按照需求合理地补充一点，但是极限也就是一公斤体重一克的量。过多食用蛋白粉，不是保健，而是伤身。

至于，补钙、补铁之类的也是同样的道理，只有在确实确定是"缺"的情况下，在医生的指导下，按照合适的量补充才有意义，否则的话，给身体带来的都是压力。

如果说真的有什么可以让人保持活力及年轻的办法，那只能是健康饮食、合理休息，然后适量运动。如果真的有某种东西一吃就能让人年轻二十岁，那么把连续二十年的诺贝尔生物和医学奖都颁给发明人，也不会有人说半个"不"字。

在医院里，遇到各种各样"奇葩"的人和事，真的稀松平常。术前给孩子喂饭的，吃保健品吃到肾衰的，其实都算不上什么特例。健身给自己练到横纹肌溶解的，吃一肚子钉子、玻璃碴子的，遇到了也不新鲜。一位老人，在肠梗阻手术之前，家属怕老人饿肚子，愣是又给他塞下了三个大肉包子，我打算说说这事。

即使有人不明白手术前需要禁食水的重要性，不知道胃反流物误吸到肺部可能发生的危险，但是在正常人的理解中，哪怕不了解任何医疗常识，听到"肠梗阻"这个病的名字，就应该能明白这是"肠子被堵住了"。这种情况下吃肉包子，吃得越多肠子可能堵得越厉害，即使要吃，也一定要选择便于消化吸收，甚至便于润肠通便的食物。

当时，这个老人来医院的时候，情况已经比较严重，灌肠没有作用，就等着禁食水时间到了，直接安排手术。说到底也就是等两三个小时的事。医生仔细和家属做了术前的交代，专门说了术前和术后禁食水的事情。

家属听说不止术前要禁食，术后也要两到三天不让马上吃东西，就开始"心疼"起老人，怕老人术后"饿坏了"，直接跑到医院外面的饭店，专门给老人买了"扛饿"的大肉包子。家属担心老人偷吃被护士看到，专门带着老人跑到卫生间去吃这三个包子。

就在要将老人推到手术室的时候，医生护士专门问道："没吃东西吧？"家属有些迟疑，不回答问题。这时候，护士观察得很仔细，护士说道："肯定吃了，你看老人这一嘴油！"

在医生的逼问下，家属才说："喂了老人三个包子。"

家属丝毫没有一点自己"做错了"的觉悟，还说医院的制度不合理，说老人八十多岁了，这样饿着，很容易饿出毛病。

平床重新固定回原位，医生说重新计算禁食水时间的时候，家属急了，说老爷子已经很难受了，再等七八个小时，人可能就会出问题了。老人的这些家属，也都已经五十岁往上了，根本听不进去医生的话——如果他们能理解医生所说的，也不会在术前把几个肉包子给老人喂下去。

"你们要是强烈要求马上手术，就签一个字，写上：医生明确说明术前需要禁食水，但家属自主决定给患者进食，并且强烈要求在进食后一小时内给患者手术，手术过程中出现任何意外甚至患者死亡，都由患者家属负责。不需要医院承担一切责任。"闻讯赶过去的我，见到场面越来越混乱，已经严重影响到医院的正常医疗情况，于是我说道。

"凭什么我们签这个，你们是推卸责任！不就吃几个包子吗，你们凭什么不给手术？医院就是这么治病的吗？上次我们邻居心梗，到医院一分钟都没耽误直接手术，也没听说要禁食水什么的！你们是欺负我们没背景，而且不给红包是吧？信不信我曝光你们！"一个六十岁左右的女家属说道。

"第一，心梗介入手术不需要全麻。第二，心梗如果不马上手术，人就没了。这种情况下，手术的获益远比不手术要大得多。肠梗阻不一样。你们在这儿闹也没有用，医生、护士都专门跟你们说了，术前禁食水，你们几个包子喂下去是什么意思？"我问道。

"连着三四天不吃饭，大小伙子都扛不住，我们家老爷子八十多了，病没治好，再饿出来毛病，你们负责？"家属说得铿锵有力，仿佛他们才是有理有据的一方。

"老人术后不能吃饭，可以输营养液，不会出现什么问题。但是现在说什么都没意义，手术不能做。因为手术过程中可能出现的危险，比重新禁食水时可能出现的危险要大。你们真关心老人，就应该听医生的话。如果你们不相信医生，为什么要来医院？"我问道。

那妇女正要撒泼，一个二十多岁的年轻人终于开口了，他说道："妈，别胡闹了！刚才你们要给姥爷吃东西，我就说不行！你有完没完！"

"你懂什么！他们就是没事找事！"妇女对年轻人说道。

年轻人道："我上网查了，人家大夫说得没错！全麻必须要禁食水，特别是有肠梗阻的患者，禁食水时间要更长！你们什么都不懂，就知道在这胡闹。姥爷要是有什么事，都是你们自己折腾的！"

"那也不能让老爷子在这干扛着呀！"另一个家属说道。

"那有什么办法！刚才我就说不能给姥爷吃东西，你们不干，说怕饿坏了。姥爷受罪也是你们几个搞的，不扛着有什么办法？人家大夫说了，做手术可能下不来台，不做手术就是多受几个小时罪，你们要是惦记早点分姥爷的房子，现在就签字让大夫做手术。要不就安生点，在这等着！"这小伙子说话口气和他妈妈如出一辙，一点情面都不留，虽说话很难听，但是对这一家子来说，却是最有用的。

"你怎么说话的！谁惦记你姥爷的房子了！"几个家属说道。

"那就行了呀！安静地等着吧！到了时间医生自然给姥爷做手术。别在这碍着别人做事，这是医院，不是菜市场！"年轻人说完，直接和我说道："大夫，不好意思呀！我妈妈我舅他们都没啥文化，脾气不好，但当真都没坏心思，就是担心姥爷受罪。给您添麻烦了。"

我点了点头，说道："行吧，我回头和大夫说一声，禁食水时间到了，就安排手术吧。你盯好了，别再弄几个包子给老人了。就算不是为了手术，已经肠梗阻了，肉包子下去不是越堵越厉害吗？"

后来，我听说手术还是挺成功的，老人恢复得不错。也多亏了老人已经八十多岁了，老年人胃肠蠕动本身就慢，肠梗阻对老人相对"友好"，这要是一个大小伙子，急性肠梗阻硬扛大半天，很有可能肠道都会穿孔了。到时候就算可以治疗，也要麻烦得多。

总有朋友问我，住院特别是手术，要注意什么。虽说我在医院工作了半辈子，但真不是一个旁观者靠看就能看明白的，我真说不出来个一二三。但我会告诉朋友，有病了，一定要到正规医院治疗。如果分不出什么医院是正规的，那么就看医院的名称，如果医院名称里有"省、市、区、县"这些字，肯定是正规医院（没有这些字不一定不是正规医院）。如果不是什么大毛病，其实先到一二级医院治疗，往往比直接到三甲医院更方便。当然，如果是比较严重的疾病，有条件的话，还是要到三甲医院进行治疗，三甲医院的名单网上很容易查到。到了医院里，一定要信任医护人员，这叫"遵医嘱"。

第十二章
"养生达人"自己给自己联合用药

有的时候我甚至不知道，现在的人们究竟是有多么单纯，会相信网上所说的那么多灵丹妙药，抑或是多么聪慧，能从大数据中分析出那么多经方、验方。

这名患者姓张，据说是他们社区里的"养生达人"，经常给一些大爷大娘宣传养生知识，据说她能准确地报出各个电视、电台养生节目的准确开播时间，了解每一个"嘉宾"的生平履历，可以只凭专家在节目里的只言片语，判断出专家的水平，甚至可以直接判断出哪些是真专家，哪些是骗子。

据她的儿子说，只是食用油，张阿姨就有 11 种之多，能做到根据不同的食材配用不同的油，以激发每一种食材的最大营养。这位张阿姨能说出上百种相克的食物，严格坚持相克食物绝不一起吃，以此保护自己和家人的身体健康。这位张阿姨家里的保健品，更是比药店还要全。张阿姨的口头禅就是，退休了，到了享福的时候了，好好养生好好活，再拿五十年退休金。

不得不说，张阿姨的梦想值得推广，但是做法却绝不值得表扬。她感冒后，结合自己多年的养生经验，她给自己开具了一系列预防性治疗的处置方案：中成药5种，消炎药4种，退热、止痛药5种，保健品7种，同时为了避免药物对身体造成伤害，还专门吃了养肝药、养肾药，再加上平时一直注意的调节血压的药物，总计联合用药达到了26种。连续两天，她每天服用各种药物达到70余片。

她第一天只是恶心、呕吐，第二天全身无力，视物不清，浑身疼痛，胃部好像火烧一样。等被救护车拉到医院的时候，她已经昏迷，肾衰竭，肝衰竭，随时有生命危险。

足足抢救了大半天，张阿姨的这条命算是暂时捡回来了。可是张阿姨还是很不理解自己为什么会这样，按照她对养生科学的理解，这么多药吃下去，不但不会生病，反而会百毒不侵，就算流感病毒到了她的身体里，也应该被杀死了。对于医生说她肝肾衰竭，她更不理解，她专门和医生说，她有相关知识，在吃药的同时，还专门吃了护肝、护肾的药，不可能出现衰竭。她一个劲儿地怀疑医生误诊了，她觉得自己根本不存在这么重的病。至于昏迷，张阿姨理解是病毒在身体里和坚强的药物屏障展开了殊死决斗，使她的身体受了一点影响，现在已经没什么事了。

可是当张阿姨听说如果找不到合适的肾源，不能及时进行肾移植，就算后面真的还有五十年老太太也离不开透析的时候，她的第一反应还不是自己吃药吃多了，自己的"科学"都是"假"的，反而怪医院要骗她的钱，喊着要转院，要找专家，要和专家理论一下，证明自己才是对的。自己最多给自己配几服养肾的药，就能恢复，她想。

"妈！你能不能别糊涂了！说了你多少次了！是药就有毒，保健品也不能多吃！你不信！天天拿药当糖豆吃！广告里哪有什么专家！专家都在医院了！你不听大夫的，你信广告！你知道吗？刚才你命都要没了，你差点死了你知道吗？你还不信！这么多大夫不如你一个四十多年前的中专生是吗？"张阿姨的儿子终于忍不住，一边哭着一边跟自己的母亲喊了起来。从头到尾，这个看上去有些窝囊，一个劲儿在旁边抽噎的男人，在这瞬间愤怒了！肾移植这种事情，到什么时候都不是一个小手术，对任何一个家庭来说，都不是容易负担的，可到了这一步，自己的母亲还在想着给自己开药。

等到张阿姨真的弄明白自己是怎么回事之后，当她相信了自己真的错了之后，哭得很凶。可以见得，她真的是一个惜命的人，可就是因为她惜命，几乎是把自己送进了火葬场。不过后来我问了抢救她的医生，医生却说张阿姨的运气真的很好。她这种情况能救回来，就已经算得上奇迹。这么大的药量，多种药物相互反应之下，对身体的伤害远比一次吃百八十粒安眠药要大。在临床上，多种药物相互作用的危害，往往要比单一药物严重过量危险得多。

当然，张阿姨这种人是少数。毕竟一般人不会备这么多种药物，就算联合用药，最多也就十几种而已，同样也不是什么人都有张阿姨这么好的运气，若是多耽误一会儿，恐怕人就直接没了。对于那些动不动十几种药联合用药的民间医生，我能说的只是"敬他们是条汉子"。反正我与医生打了大半辈子交道，即使是经验很丰富，能力很强的医生，在联合用药的时候都提心吊胆，哪怕一些大主任。在面对一些疾病必须使用非常见的联合用药的时候，特别是多种类型的药物联合用药的时候，都会专门去查询资料，翻阅期刊、论文，组织专家会诊，以期避免药物的不良反应。有的时候，我真的不知道谁给的这些普通人对自己联合用药的勇气。张阿姨知道相克的食物一起吃会中毒，她却不知道，不同的药物一起吃会要命。

第十三章
千万不要欺负护士

每年冬春季流感大流行时，那是医院与病毒之间的一场战争。谁能想象一天从早到晚，急救车一刻不停地向医院里送人？谁又能想象，来医院百分之九十以上都是发热患者？谁可以想象，即使医院医生全力支援门诊，但是病人依然让医生一整天连喝一口水的时间都没有。

在医院里，最先受到冲击的永远是急诊科。我印象很深，只是急救车，就送来了四百多名发热患者。如果算上自行前来就医的，或者家属前来开药的，人数应该已经超过两千。

其实正常情况下，一上午两千患者，对于一个三甲医院来说，并不是什么意外。可是当这两千患者都是同样一种疾病、同样一种症状的时候，那就是一场灾难。

对于医生来说，这些患者的症状基本上一致，可以确认为流感，医生能做的也只是根据病情的轻重，选择不同的退热药物而已。可是，即使每人只用两三分钟的时间来诊断，面对如此多的患者，医生的压力也会很大。

最为辛苦的其实并不是医生，而是护士。不管医生多么辛苦，他也只是保持一个状态，坐在电脑前，不断地开着处方而已。在那几天，我基本上没有看到过正常走路的护士，每一个护士都在小跑。

医院自然不会看着护士已忙到了极限却一直无法休息。院方开始对急诊门诊和内科门诊展开支援，从相对不那么忙碌的科室抽调护士前来支援。

我记得那天的下午三点多，依旧没有一个护士吃过午饭，她们挤在一间狭小的休息室里，席地而坐，没有人说话。有人手里捧着一瓶高糖，不时地往嘴里灌着。大部分人靠在墙上，几分钟后就传出了鼾声。

我本打算和她们说点什么，给她们打打气，但是看着眼前这一幕，我却一时间什么也说不出口。看着她们即使到了休息室，仍然全副武装，甚至连一次性口罩都没有卸下，我能看出她们已经做好了坚持打这场硬仗的决心。

这一群二十多岁的护士小姐姐，谁在家里不是宝宝？谁在自己的男朋友、老公面前不是被宠上天的公主？但在这里，此时她们的身份只有一个，那就是护士。

也不知道她们是上了闹钟，还是生物钟极度精准，原定休息一小时的时间，在五十分钟的时候，每个人都睁开了眼，仿佛满血复活一般。她们一个一个从休息室走出去，当走出这扇门，她们重新回到了不停小跑的状态。

下午六点的时候，我又来到了急诊护士休息区，其实是想和她们说一声"回去好好休息，估计后面几天都很忙"，此时休息区却是空无一人。我走到护士站的时候，却发现应该准备下班的这些护士们，竟然一个个仍然奔跑在药房、化验室、处置室、输液室之间。

"朱姐，我看白班的都加班了？"看到手里正忙活儿的朱护士长，我问道。

透过厚厚的口罩，朱护士长的声音还是那么清晰，她说："全留下了。要不谁也扛不住。多一个班的护士，晚上大家还能轮着休会儿。"

"哎！谁能想到今天这么忙！"我说道。

"最忙的时候还没来呢！"朱护士长说道，"冰主任，我得跟你提个醒呀，现在的大夫、护士还都正常，要是大夫护士大量生病，后面可是要出乱子的！你看现在的情况，一个病了，估计一个班的人都跑不了。"

我深以为然地点了点头。其实这种情况在白天开会的时候我已经有所考虑，但是真看到一线到了这种情况，可见我们的预案并不是百分之百保险，还需要做更充分的准备。

趁着刚过下班时间（一般情况下医生、护士很少有准时下班的习惯）我便和院长沟通，召集一些部门的同事，要针对后面"院感"暴发做一些准备。

"谁有好办法，说说吧！原则就是医院工作不能停摆，收治病人不能出问题。"在把整体情况分析过后，院领导也充分了解"院感"几乎无法避免之后，院长与其说是提出了问题，倒不如说提出了要求。

没等有人说话，院长自己先说道："我们只能靠自己，把医院的正常工作支持下来，还要面对人数可能还会增长的患者。"

"我们轻伤不下火线，只要还能站起来，就能在一线接着拼。"急诊科大主任说道。

院长点了点头，随后又说道："咱们都知道，流感病毒虽然是来得快，但去得也快。但是感染流感后，总会有两三天时间是很难坚持在一线工作的，而且就算想要坚持，也不能继续工作。"

不少人你一言，我一语地说着自己的想法。过了许久，才终于拿出了一个最基本的解决方案：现在开始，准备内部备份。先是从压力比较小的科室、部门抽调一部分医护人员，这部分医护人员要求在家充分休息，必须保证自己的身体健康。在医院工作的医护人员，自然要尽可能地防护，一旦被感染，就第一时间回家，由原本在家待命的医护人员顶上。按照理想的状态，只要有一半的"备份"，就有可能熬过这一波的流感。

可是，医院没有办法抽出一半人员作为"备份"，而且病毒也永远不会顾及到医院的"理想状态"。没过一周，原本准备的"备份"，已经全部用上了。没过十天，在医院内坚持在岗的医护人员，已经有五成以上是在带病工作。

我也没有逃过这一波的流感，而且我还算是比较早被传染上的那一拨。但是我的运气比较好，只是经过了两天的高烧，第三天我就已经痊愈，可以回到工作之中。我深切地体会到，虽然只是两天的高烧，可这两天却是多么难熬。

当我回到医院的时候，看着那些依旧小跑的护士，我却知道她们当中，有人已经发烧到 39 摄氏度以上，甚至有人在工作中突然无法忍受，直接跑到卫生间开始呕吐；有人稍微停下一会儿，就在休息室打起了冷战；有的护士难受得自己在休息室里流泪，但是走出休息室之后，依旧是那个小跑着的白衣战士。

我正在急诊楼想看看有什么可以帮上忙的时候，听到采血室那边吵了起来。当我走过去看的时候，却发现护士王艳的胳膊竟顺着白大衣流出血来。

"怎么回事？怎么弄的！"我当时就急了。因为我刚就听说，王艳烧到快39摄氏度，中午的时候还吐得很厉害，她只休息了半个小时不到就又跑出来工作，而此时竟受伤了。

看我面色不善，一个三十多岁的年轻汉子脸色却更难看，"怎么着？我扎的！你是医院领导吗？这样的废物你们医院也招，不是什么关系户吧？"他拉起一旁十来岁的孩子的胳膊说，"就是抽血，扎了三针！就因为扎的不是自己家孩子吗？我就是让她知道知道，挨扎会疼！"

当着我的面，那汉子又拿起针，要向王艳扎来。我伸出手抓住了那汉子的胳膊，夺过针。

"冰主任，对不起，我今天就是手不听使唤。我跟他道歉了，可他不听，还……"王艳怯生生地说。我打断她，说道："你胳膊没事吧？是什么针扎的你？"在医院待得时间久了，往往和一般人考虑的不一样，一个针头扎在了护士身上，我的第一反应是针头是否清洁，有没有传染病毒的可能。

王艳还是怯生生的样子，说道："我，我没事。就是给这个小朋友扎的针。"

看到是一个孩子，估计也是来看发热的，我心里先踏实了一大半。我看了看那个汉子，并没有和他说一句话，直接掏出电话拨了出去："保安室，来急诊采血二室！有人袭击医护人员！"

我这话说完，周围一群人都很诧异，特别是那个汉子，脸色沉了下来，他说道："好！你还是个领导，不赔礼道歉就算了！叫保安？怎么，想打我是吗？我告诉你，我是一个 UP 主！六十多万粉丝！我今天就要好好曝光你们！我孩子发着烧，你们就这么往他身上扎针！"

"你把手放下！"我对着那男人指指点点的手指，毫不客气地说道。说实话，我此时已经是压抑着自己的怒火，生怕自己一拳打在那男人脸上。我也有孩子，我的孩子和医院的这些年轻护士年纪差不多。我有的时候面对这些护士，会不自觉地带入一个父亲的身份，想着如果是我的孩子，在外面受到这样的气，作为一个父亲真的是忍不了的。

我朝那个男人走过去，对那个男人说道："好！我请你曝光！哪个同志帮忙录一下现场情况！"其实自从刚才争吵开始，就已经有不少人拿着手机在录着了。"你有孩子，发着烧，你着急，我理解！你知道她吗？"我伸手指向王艳，说道，"她，今天早上发烧39摄氏度多，中午直接吐得站不起来，就在墙边靠着歇了不到半个小时，随后一直坚持到现在。一天了，连喝口水的时间都没有！"说完，我又在急诊楼里面四下望着，指着，说道："她，还有她！还有二诊室、三诊室两个诊室的大夫，现在全是带病坚持工作！现在在急诊，你们看到的一半医护人员都病了！不是医院不批给她们假，她们都应该在家歇着，或者在医院躺着。可是呢，她们都没请假，都在坚持着！换来的是什么？我替她们不值！"

　　看着那汉子依旧梗着的脖子，我继续道："我承认，她扎了三针，针没扎好，她也道歉了！你要不满意，可以投诉，可以找医调委，可以去卫健委，你有什么资格伤人？就因为你有几十万粉丝？我就不信你的粉丝知道你这样，他们还粉你！"

　　"得病该歇歇，既然上班，就得拿出最好的状态！别在这卖弄可怜！何况她们病了，给我们看病，我们还不愿意呢！"那汉子说道。

我冷着了脸，说道："这话是你说的吗？你负责吗？"

"是我说的，我负责！"那汉子说道。不少人也直接对那个汉子指指点点了起来。

我冷哼一声，根本没有开口。那汉子道："你们医院是不想开了吗？我告诉你，我直接曝光你们，信不信你们院长都吃不了兜着走！"

我正要开口，就听到一个脆生生的声音，说道："我不信！要不你试试？"这时，一个一直在角落里拿着手机拍照，整个身子围在宽松的卡通睡衣里、毛茸茸的帽子挡住了大半张脸的年轻女孩走了过来。

"刚才从头到尾我都看见了，也都拍下来了。你以为你六十万粉丝就是你不讲理的依靠吗？"女孩子说道。

那汉子倒是一副死猪不怕开水烫的样子，说道："小妹妹，别多管闲事！你小，不懂事！这世界讲的是实力！"

小姑娘似是沉吟了一瞬，而后说道："既然你这么说，那我就没有什么心理负担了！"说完，她走到王艳身边，说道："护士小姐姐，我都看到了。刚才你虽然扎针失误，但是态度确是特别好，这事不怪你。而且你带病帮我们看病，我谢谢你！今天妹妹给你撑腰！"

"你给她撑腰！"汉子仿佛气笑了。

小女孩却说道："比别的我真的害怕，但是你以粉丝多欺负人，那我就好好欺负欺负你吧！"说着，小姑娘把头上毛茸茸的卡通帽子摘下来，说道："我没什么本事，就是一个小网红，也就一千多万粉丝，应该够欺负你了！用我现在开直播吗？"

眼前这小姑娘我不认识，但是身边不少年轻人却已经叫出了她的名字。她好像真的有些名气，王艳认出了她，说道："你是王铁柱？"

小姑娘甜甜一笑，说道："小姐姐认识我呀！"而我听得打了一个冷战，这么一个娇小清秀的姑娘，竟然有"王铁柱"这么汉子的名字——想必应该是网名或者艺名什么的。

眼前那汉子即使面对保安也没半点心虚的样子，但是看到这小姑娘却一下软了下来，说道："铁柱姐，我也是你粉丝来着。你看今天……"

王铁柱却还是那副俏生生的样子，说道："医院是帮助人的地方，大家都是人，都得讲良心。医生们带病医治我们，我们应该懂感恩，公众人物更得起到好作用。我的意见是，你跟这个小姐姐道歉，然后自己在你的主页上给医护人员做一个正面的宣传，这事就算了。要不我不在乎开个直播，也不在乎把刚才的录像都放出去。我不认识你，但是我粉丝总有认识你的吧！"

"没问题。我回去马上做视频！"汉子说完拉着自己的孩子就要离开。小姑娘却说道："你还没道歉！而且就算要走，也要看完病再走呗！"和这汉子说完，小姑娘转向我，说道："主任大叔，我知道您刚才也是生气，您看这是多听话懂事的一个小朋友，他等着看病呢，您看……"说着，小姑娘做出了一个可爱的撒娇表情。

我笑了笑，说道："行吧！也谢谢你了！你说得挺好，现在流感这么严重，还需要你们多帮着传播一些正能量的东西，宣传一些正确的内容，每天乱七八糟的谣言信息太多了，得靠你们这些正能量多宣传呀！"

"放心吧！您这边方便加我个微信吗？有什么需要宣传的，您回头发我，我一准第一时间办好。"她露出一甜甜的笑容说道，"放心，给咱医院做广告纯公益呀！不收费。"她又转向那个汉子，说道："你要是把宣传视频做得好，我给你转发。"

那汉子听到这个，脸上露出了兴奋之色，说道："放心，一定弄好！"

一场闹剧，以一个谁也没想到的方式结束。还没等缓一口气，我的手机就响了起来。"冰主任，C楼十二号手术室，您看叫医务处能来个人吗？"我应了一声，说道："我马上到。"

十二号手术室，我眼前的场面绝对少见。

患者是一个孕妇，精神抖擞地躺在手术床上，身上盖着单子，显然麻醉师还没来得及给她做麻醉。在一旁的平车上，躺着一个穿着手术服的医生，医生脸上不断地冒着汗，身体抽搐着。

"什么情况？"我问道。

配台护士说道："苏老师这是第六台手术了，剖宫产。上一台结束的时候，苏老师就有点熬不住了，歇了十来分钟，这刚才刚站起来要和患者沟通，结果晕倒了。我和陈老师联系了，陈老师一会儿过来救台。这不，叫您过来备个案。"

"你们这大夫真行，病了还能坚持这么多台手术没出事。"说话的是准备做手术的孕妇。从她的眼神中并没看出什么不满，反而真的有一种赞叹的目光。

我无奈地苦笑道："他想休息也不行呀！小孩到日子就得出来，不能跟孩子商量多住两天，等大夫病好再出来呀！而且这些天剖宫产比平时多了好几倍。"患者笑道："是这个理！我也是发烧了，想着能剖就剖了吧。这高烧对孩子也不好。"我继续说道："产科是重灾区呀，七八成医护人员都中招了。本身产科人就少，一直不够用，还抽出了一批人支援门诊。"

"真为难大夫们了！"这宝妈倒是通情达理，说道。我说："医院干的就是这样的工作。我不是大夫呀，但是我了解这些大夫。别管他们多难受，只要能咬着牙上了手术台，就一定能坚持到手术完再倒下。"

一旁的护士说道："不止这样了，下第三台手术的时候，我给苏老师量的体温，38.6 摄氏度，我让他吃点药，苏老师说什么都不吃。他说吃药有可能会犯困，可能注意力不集中，怕影响手术，就硬扛着。刚才那台手术，我就看着苏老师两条腿都打战了，俩胳膊还稳着。"

一旁的宝妈说道："难为大夫了。我这发烧不敢吃药，是为了自己的孩子，大夫这发烧不敢吃药，是为了别人的孩子呀。"

我点了点头，问道："你手术前知道苏老师发烧吗？不怕传染孩子？"

"知道呀，今天剖的几个都知道。"宝妈说道，"哎，没什么可怕的。当妈的都病了，要是传上孩子，也是当妈的自己传的。这时候有大夫敢顶着自己的病给我们做手术，我们还有什么不放心的！"

"您倒是想得明白。"我笑着说道。

"想不明白能怎么办？为母则刚吧。这苏老师跟我们说了，就算是自己发烧了，也一定要让孩子吃上第一口奶！”

“这么想是对的。有一点我确信，没有一个愿意坑自己患者的大夫。”我说道，“一会儿来救台的陈主任水平也相当高，和苏主任不相上下，你不用担心！”

“我不担心！”这宝妈倒是很豁达，说道，“我是邻省的，我们那妇幼保健院的大夫说了，到你们这儿来，随便一个能排得上手术的大夫，就比俺们那儿的大夫水平高出一个级别。但凡是一个主任，到俺们那儿，都是轻易见不着的专家。我担心啥！再说了，就剖一个孩子，苏主任病着都一口气连剖了五台，我心里踏实着哩。”

不到二十分钟，陈主任就进了手术室。仔细和宝妈做完沟通，随后开始麻醉、手术。一台手术顺利得毫无波澜。正如这宝妈说的，这三甲医院的产科，随便一个主任做剖宫产这种手术，就都和普外做阑尾炎手术一样轻车熟路，波澜不惊。当陈老师把孩子抱到宝妈眼前的时候，我看到了宝妈脸上的笑容，那是一种从心而发的笑，带着幸福和希望的笑容。我也相信，她这样豁达的一个母亲，一定会带给自己孩子健康、美好的童年。

“陈主任，辛苦了！”和陈主任一起走出手术室，我说道。

陈主任却笑道：“别来这套，我这是给苏姐扛活儿，跟你有什么关系？"

"行行行！你跟苏主任那是亲密战友，我们知道。"我笑着说道。医院里的老人都知道，陈主任和苏主任两个人是学校同窗，一起进的我们院，同年评的主治，同年评的副主任，两人好了一辈子。给苏主任救台，对陈主任来说就跟去苏主任家吃饭一样，根本不值得一提。但是从医院的角度上说，别管是院内的大夫还是院外的医生，任何救台都是对医院的恩情。因为往往救台一旦出现什么问题，处理起来要比一般的医疗事故更为麻烦。

同科的医生之间可以救台，护士可以调去其他科室工作，但有些护士不容易被替代。

如果问哪些护士是最不好替代的，答案是手术室的护士，特别是配台的器械护士和随时盯着患者情况的麻醉护士。所有的外科医生都有一个共识，有一个好的器械护士可以提高手术效率至少 30%，这就可见器械护士在手术中的重要性。一个优秀的器械护士，是可以让医生从头到尾一句话都不说，只要伸出手，就会有最合适的器械稳稳拍在掌心。这就要求护士对手术的过程、步骤很熟悉，而且对配台的医生的习惯也相对了解。这无一不是需要长时间训练和配合才能实现的。而且，如今手术器材发展日新月异，耗材种类琳琅满目，一些有几年没接触过手术器械的护士，突然到了手术室里，有一些器材都叫不出名字。即使器材都认识，只是柳叶刀片就有十几种不同的形状，如果需要台上的医生每一次都和护士说要用哪种刀柄配哪种刀片，这手术一两分钟就得停下一次。要知道，一台小型手术，手术器械就有二三十种，大型手术所需要的器械上百种，这些都要器械护士从前期准备，到术中传递，再到术后清理——经手。在医院有这么一种说法，培养一个器械护士，是一年入门，三年合格，五年才算刚出师。

换一种说法，如果有人问一家医院里哪个医生手术水平最高，能给出精确评价的一定是手术室的器械护士。她们要比医生之间更了解每一个医生的手术水平，因为她们才是手术室内医生最亲密的搭档。经常有人开玩笑说，一个高年资的器械护士，动起刀来，不一定比大夫差。甚至在实际医疗操作中，经常会有医生向护士咨询手术问题，经常会有护士在手术过程中提示医生的事情发生。可想而知，如果医院内手术室的器械护士出现了缺口，这种影响要比任何岗位缺人更为可怕。要知道，器械护士的数量是远比主刀医生少的，甚至器械护士的数量比手术室也多不了多少。

如果说器械护士是主刀医生的灵魂搭档，那么麻醉护士就是麻醉师的最强合伙人。谁都知道，麻醉直接影响到一台手术的成败甚至患者的生死。麻醉师和麻醉护士就是直接影响到麻醉效果的最关键因素。手术过程中，患者的体征瞬息万变，这都需要麻醉护士配合麻醉师在第一时间做出快速响应。可以说，培养一名麻醉护士，比培养一名器械护士也容易不了多少。

院长办公室内，我说道："院长，我知道这样很离谱，但是不管多离谱，也必须得这么做。这通知以我们处室的名义下发吧！"

我自己对我自己提出的要求都觉得有些过分了。我要求所有的器械护士和麻醉护士，在这一段时间内，要做好个人的防范工作，即使是进入手术室，也必须穿防护服，戴隔离面罩、N95口罩，一样都不许少。而且在下班的时间，也必须要严格按照标准进行防范，如果家中有人感染流感，则要求她们不允许离开医院。

可能有的人觉得这没有什么，但是医生们都知道，器械护士在台上的时间要比医生更长，得至少提前半小时进手术室，推迟半小时出手术室。此外，医生不一定连台，往往器械护士都需要一直连台奋战。让器械护士穿着厚重的防护服，而且一站就是几个小时不能动，想想对人来说都是一种极大的煎熬。若是偶尔如此也就罢了，但是要一直坚持这样的状态，恐怕任谁都受不了。

"作为医院的要求下发通知吧。大家都应该可以理解的。你说得没错，其他的人都可能被替代，但是器械护士和麻醉护士才是医院最稀缺的人，他们不能出问题。"院长说道。

当我第二天将通知发到手术室的时候，其实已经做好了挨骂的准备。但是和想象中的完全不同，所有人对这个决定都很理解，特别是那些原本就最辛苦的器械护士们，非但没有表示出不能接受，反而很积极地配合着我们的工作。后来我问过她们当时为什么这么配合这样的规定，其中一个器械护士跟我笑着说道："这不是说明我们重要吗？全医院就对我们做这样的要求，说明我们才是大宝贝。"

我能听出，她是在开玩笑，而我也能感觉到，这些护士们清楚，她们是整个手术体系中的重要一环。她们会坚持着和所有的医护人员一同，让整个医疗体系不在自己的身上掉了链子。

第十四章
守候在一个个不眠之夜

今天该我行政值班。有二十多年行政值班经验的我仍不敢丝毫懈怠，毕竟，突发事件无法预料，且关乎患者生命及每一个家庭。

晚上六点十五分，夜班护士长来报："急诊内科候诊病人激增，超过五十人，马上快到六十……"

我放下饭盒，立刻奔向急诊大厅。急诊大厅入口处人流不断涌进，分诊处开始排队，候诊座椅满席，患者家属们紧盯着大屏幕，人声鼎沸，叫号系统的语音已经基本听不到了。

刚立夏，凉意袭人，这里看到的却是紧张忙碌，热火朝天。内科应诊医生陆续全部到岗，人数从四人调整为十一人，这是医院应对流感来临，从门诊及各病房抽调来的一支精锐战队，在原有急诊绿区基础上，又开通隔壁黄诊区，以此确保急、危、重病人能直入抢救室。挂号处人流仍旧络绎不绝，到晚上七点，大屏幕显示候诊病人突破八十人，内科三值班李主任查完病房的危重病人后，未来得及吃饭就到急诊帮忙，此时，十二个内科诊室全部开放。

所有医护和陪诊安保人员即刻投入"实战"状态，大家语速、步伐、操作加快的同时依然保持着耐心。看见负责输液穿刺的年轻刘护士，我不禁想起那年慰问她的情景。那年冬季，流感大暴发，医院人满为患，医护被打事件时有发生，刘护士不幸成为被打的一员。当时她泪眼汪汪躺在病床上，与我们一遍遍述说她无辜被打的经过。她不仅头部受伤，心灵也深受重创。我记得与她同天被打的还有一名刚工作了两年的医生，遗憾的是那名医生不久后就辞了职。看着刘护士忙碌的身影，我俩虽然只有瞬间的目光交流，从她眼中我读出了十足的坚强和自信。

候诊大屏幕的红字不停跳跃，患者人数急剧增加。晚上八点半，候诊患者突破一百一十人。抢救室本应下班的李医生主动留下来加班，在抢救室给患者看病。接下来，本该九点下班的巴医生也没回家，不声不响加入了应急行列……

时间在患者与家属的焦急等待中向前推进，不时会有坐不住的患者站起来嚷嚷："怎么还没轮到我的号，前边到底还有多少人？"家属情绪躁动，分诊护士针对较重患者悉心做着必要的诊前处理，身穿粉色服装的陪诊及安保人员一边维持秩序，一边做着安抚家属工作。

这时，外科又来一名急需缝合的外伤患者，根据病情，缝合时间至少需要二十到三十分钟。本来可以不排队的外科也有了病号积压。外科住院总王医生接到通知，处理完手头病房的工作马上来到急诊进行支援。他接诊的第一个小病孩儿是不停哭闹的八个月男婴，在得知孩子患有疝气后，孩子的母亲走出诊室自语道："怪不得孩子玩命折腾，还得是这儿的大夫有水平，一眼就能看明白孩子为嘛老哭……"

三值班主任接到通知，不得不去别的医院参加紧急会诊，二值班立刻到岗救急支援。此时此刻，药剂、检验、放射、收费等部门也都忙而有序地良性运转着……

将近晚上十点，经过大家合力奋战，内科候诊病人数量得到有效控制，慢慢减到七十人。我总算如释重负，悬着的一颗心终于平稳下来。我带着上级的嘱托，向辛勤在岗的每位职工转达院领导的关怀慰问："辛苦了！医院感谢你们！"

今晚的这场"小战役"，仅是我们平日工作的缩影！我为自己能在医院这个大家庭工作深感自豪，因为这儿有尊师重道的文化底蕴，有敬业知名的医学大家，有怀揣医学理想的优秀学子，因为这里有崇尚纯真、善良、坚强的品格，还有团结、传承和默默奉献的仁心医者。

仲秋的劲风吹起我白大衣的衣角，独自站在急诊大厅门口，我仰望A座、B座、C座灯火通明的住院病房，又回过头，看看急诊诊区，那边还在熙熙攘攘、人头攒动，这该是多少家庭的不眠之夜啊！猛抬头，今夜的星空格外澄明，再看眼前，成片的苔花好像泛着光，在夜色里变得璀璨而美好。

这时，手机显示屏已从2023年5月11日转向12日。困意全无，我将迎接崭新的黎明……